COLLECTION FOLIO

Philippe Forest

Sarinagara

Gallimard

露の世は
露の世ながら
さりながら

　　　小林一茶

monde de rosée
c'est un monde de rosée
et pourtant pourtant

Kobayashi Issa

PROLOGUE

En japonais, *sarinagara* signifie quelque chose comme :

cependant

Ces cinq syllabes sont les dernières du plus célèbre des poèmes de Kobayashi Issa. Elles se lisent :

tsuyu no yo wa — tsuyu no yo nagara — sarinagara

Littéralement, les dix-sept syllabes de ce poème disent :

monde de rosée — c'est un monde de rosée —
et pourtant pourtant

Mais une traduction moins artificiellement fidèle à son modèle écrirait plus simplement :

je savais ce monde — éphémère comme rosée —
et pourtant pourtant

Tout le roman qui suit, tout ce qu'il dit de la vie tient pour moi dans le seul redoublement de ce dernier mot :

cependant

1

PARIS

Tous les souvenirs enfin s'effacent. Et puis restent les rêves. Alors, comme ils sont seuls désormais, c'est à eux que l'on confie le souci de sa vie.

Bientôt je ne me rappellerai plus rien, rien sauf cette histoire qui revenait tous les soirs dès que je m'endormais. Elle est devenue mon souvenir le plus net et le plus ancien. Elle remonte peut-être au temps de mes quatre ou cinq ans. La nuit venue, le noir s'épaississait dans la chambre, je fermais les yeux et tout recommençait. J'étais donc un tout petit enfant et je quittais la maison. Je prenais la rue conduisant à l'école ou bien jusqu'au jardin. Tout était désert. Un grand calme merveilleux s'était posé sur le monde. Dans la lumière d'un jour finissant, je marchais très longtemps mais sans fatigue. Je jouissais de mon extrême légèreté et de la facilité avec laquelle je passais parmi les choses. Je traversais la ville : les façades grises des immeubles donnaient l'impression de se perdre dans le ciel, de grands escaliers tournaient dans le vide comme accrochés aux mirages de splendides palais. À l'infini se dessinaient des canaux couleur d'acier alimentés silencieusement par des bassins, des fontaines et sur la profondeur desquels se jetaient des ponts aux arches gigantesques.

Le soleil brillait encore mais sans faire d'ombre ou de chaleur. Je faisais attention à ne pas sortir des limites de mon quartier qui avait étrangement gagné en étendue au point de contenir dans sa nouvelle immensité tout l'espace impensable du monde. Il n'y avait personne. Je ne reconnaissais rien autour de moi. J'avançais toujours plus profond au sein d'une féerie silencieuse et sans fin. Toutes les perspectives nouvelles que je découvrais faisaient grandir ma perplexité. J'étais incapable d'indiquer la direction de ma maison. Je comprenais que j'étais parvenu au bord même du monde et qu'au-delà, il n'y avait rien. Jamais plus je ne retrouverais le chemin du retour.

J'étais tout à fait perdu. Dans mon rêve, je savais qu'une tristesse totale, un désespoir sans fond auraient dû en cet instant m'accabler tout à fait. Je mesurais toute la misère de ma situation d'enfant égaré mais une impression de grande tranquillité m'habitait malgré tout. Je me sentais libre et cette liberté triste m'était comme un vertige auquel je ne voulais pas renoncer et à la grâce duquel je m'abandonnais avec gratitude et confiance, avec joie.

Tout mon rêve était trempé dans une même couleur mais l'étrange est que cette couleur, je ne l'avais jamais vue nulle part. Sans doute ressemblait-elle à une certaine sorte de « jaune ». Pourtant, j'aurais été absolument incapable de la nommer avec précision, encore moins de la décrire. D'ailleurs, si j'y réfléchis, le mot même de « couleur » ne convenait pas tout à fait. Car cela consistait plutôt en une caractéristique très discrète (de texture ? de pigmentation ?) qui affectait indistinctement toutes les nuances du vert, du gris, du bleu, du rouge, ne les altérait pas vraiment — le vert restait du vert, le bleu du bleu, etc. — mais leur donnait le même air d'irréalité vague. Peut-être s'agissait-il moins d'une couleur que d'une qualité particulière de clarté, une propriété étrange du scintillement, comme une phosphorescence discrète propre à cet univers du rêve qui enveloppait le monde dans sa transparence sous-marine et silencieuse.

Toute la lumière de la scène semblait fausse. Cela donnait cette couleur qui n'était pas vraiment une couleur car elle s'ajoutait à toutes les autres — sans pourtant les changer vraiment — et qui me signalait que tout ce que je vivais appartenait à un rêve. Elle seule me disait que cette ville dans laquelle je me trouvais, en vérité, n'était pas la mienne, que je n'étais pas tout à fait perdu, que bientôt viendrait le réveil, que la prochaine rue au coin de laquelle j'allais tourner me reconduirait simplement dans le noir tout bête de la nuit ordinaire, dans ma chambre, dans mon lit, chez moi. Et enfant, je ne savais que penser de cette promesse de retour. J'étais incapable de décider si elle me rassurait réellement ou si elle me plongeait au contraire dans une mélancolie plus profonde encore.

Mon rêve d'enfant parfois se poursuivait ainsi. Certaines nuits, le récit ne s'achevait pas dans le vide. Il ne demeurait pas suspendu. Une suite existait. Après avoir longtemps marché dans la ville inconnue, après y avoir longé toutes sortes de bâtiments aux proportions inouïes et aux façades étranges, l'enfant qui rêvait s'arrêtait au coin d'une rue et s'apercevait tout à coup que sa marche au hasard l'avait reconduit tout au pied de sa maison. Il poussait la grille de l'immeuble, gravissait dans le noir les marches d'un escalier sombre, s'arrêtait au tout dernier étage, devant l'entrée de l'appartement situé sous les toits. Sa petite main frappait à la porte et le bruit sur le bois résonnait dans des pièces vides. L'écho était si long, si profond qu'il donnait à penser que tout un monde inconnu et désert existait de l'autre côté.

Ensuite, l'enfant attendait longtemps, le cœur battant dans sa poitrine. Certaines fois, une inconnue lui ouvrait et, derrière sa silhouette, il apercevait la perspective rectiligne du couloir, puis du salon, de la chambre et enfin au bout de la chambre, par la fenêtre d'où venait la lumière jaune du soleil pâle, le ciel et en dessous de lui, la ville. Mais tout avait changé, l'enfant ne retrou-

19

vait rien, cette maison n'était plus la sienne. D'autres fois, ses parents ouvraient la porte. Ils regardaient l'enfant avec une sorte de stupéfaction cruelle sans croire du tout à la réalité de son retour : l'enfant qui se tenait devant eux n'était pas le leur, celui-ci avait disparu depuis si longtemps qu'ils avaient oublié jusqu'aux traits de son visage, au son de sa voix, à son nom, à son existence enfin. Et quel que soit le scénario que la nuit développait, l'enfant restait immobile devant la porte ouverte comprenant que dans le monde où il avait autrefois vécu, plus aucune place n'existait dorénavant pour lui, qu'il était devenu semblable à un minuscule et pathétique fantôme errant dans le néant coloré d'une vie dont il avait été exclu pour toujours : triste, transparent et glissant à jamais dans le jaune sans substance du soir.

Les années avaient passé. J'en avais perdu le compte. Je n'avais pas cessé d'avancer dans mon rêve. Et maintenant que j'avais vieilli, je réalisais que ce rêve m'avait insensiblement conduit tout au cœur d'un grand pays d'oubli s'étendant à perte de vue. J'avais cru suivre le chemin tout tracé de l'existence, convaincu que ma seule volonté, se développant d'elle-même, me menait à chaque fois un petit peu plus loin, toujours tout droit devant moi. Mais chaque pas en avant avait été un pas de côté. Sans le comprendre du tout, je m'étais laissé glisser sur le bord où je perdais prise, destiné à flotter, détaché de tout. J'avais vu lentement tous les gens que j'aimais s'éloigner de moi, me laissant absolument seul et désœuvré.

Ainsi j'étais parvenu en un lieu dont je ne savais rien. Dire qu'il n'avait pas de nom serait une concession inutile à la fausse poésie. En vérité, ce lieu avait porté beaucoup de noms différents et emprunté des formes souvent semblables. Dans ma petite enfance, il avait régulièrement ressemblé à une cour d'école ou à un grand jardin. Ensuite, beaucoup de nuit s'était couchée sur lui : la grande nuit libre où l'on n'attend plus rien du tout de la vie, celle des rues désertes et des chambres sans sommeil. Et puis j'étais parti, changeant plusieurs fois d'adresse, de ville, de pays. Et maintenant, il n'y avait plus aucun endroit sur terre que je puisse appeler : chez moi.

Le propre des rêves est de toujours finir par se réaliser. Et le plus souvent, ils le font de manière imprévisible et longtemps différée. Pour cela, il faut d'abord que l'oubli vienne. Toute trace doit en avoir été entièrement effacée afin qu'il ne reste absolument rien du passé. Rien, et c'est bien : l'univers renversé d'un simple revers de la main pour le délivrer de toute l'accumulation vaine sur lui des choses vivantes. Alors seulement il arrive que le monde de son rêve soit parfois mystérieusement rendu au rêveur : les années passent, on croit ne plus se souvenir et puis un jour, le paysage sur lequel on pose soudain les yeux paraît inexplicablement familier. À proprement parler, il n'y a rien en lui de reconnaissable. Tout reste inconnu, étranger. Pourtant, injustifiée et souveraine, la certitude se tient là, juste devant soi. On se retrouve au cœur du « jaune » très exact d'autrefois, noyé entièrement en lui et reconduit au point même d'où, une fois encore, tout recommence enfin.

Le sentiment du « déjà-vu » ne se comprend pas autrement : toute son existence à venir, chacun l'a rêvée enfant et c'est pourquoi, devant tout événement vécu, quelque chose nous avertit obscurément que cela, nous l'avons déjà connu. Chaque expérience nouvelle vient vérifier l'un ou l'autre des vieux récits que le cerveau s'est, il y a bien longtemps, raconté à lui-même dans la nuit. Il faut bien qu'il en soit ainsi. Si secrètement il n'en savait déjà tout, comment l'esprit pourrait-il, le jour venu, soutenir le spectacle de l'affolante réalité sans s'anéantir tout à fait ? La longue répétition nocturne des rêves de l'enfance était nécessaire à la survie : comme une éducation lente au néant qui, inévitablement, viendrait. Ou plutôt : tout a déjà eu lieu. Et la vie adulte, elle-même, n'est que l'étirement d'un songe d'enfant depuis longtemps révolu, son lent affadissement inquiet dans le matin indifférent du temps.

Je m'étais mis à voyager pour des destinations toujours différentes et lointaines, de préférence à l'autre bout du globe. Ces expéditions avaient toutes un même but que je ne m'avouais pas. Je ne m'imaginais pas pouvoir retrouver une personne, une présence — ma folie n'allait pas jusque-là. Je cherchais juste un signe. Je me disais que, de l'autre côté de la terre, je trouverais nécessairement la révélation qui me fuyait et qui viendrait combler le vide que j'éprouvais en moi. Je guettais ainsi un oracle auquel je ne croyais pas. Mon rêve d'enfant s'était réalisé. J'étais tout à fait perdu. Mais l'égarement même qui était le mien, si j'y réfléchissais, me paraissait salutaire et familier, car je le découvrais tout à fait semblable à celui dont mon rêve d'autrefois m'avait procuré l'exacte sensation. La longue et absurde dérive de ma vie m'avait du coup reconduit vers mon souvenir le plus ancien. À cela, il avait fallu toute une somme de départs, de déchirements, une conspiration improbable et insensée de hasards mais, au bout du compte, j'étais revenu à l'intérieur de ce rêve le plus vrai qui faisait le fond lointain de ma mémoire.

Et, arrivé nulle part, je me trouvais du même coup chez moi, libre de cette même liberté sans contenu ni limite qui, enfant éveillé dans le néant de la nuit, me donnait un vertige que je ne comprenais pas. Il y avait eu des ciels et des océans, des routes interminables et défoncées à travers des forêts et des montagnes, la torpeur somnambule des aérogares, l'éveil devant le bleu du monde, enfin toute cette poésie facile dont n'importe qui peut désormais s'étourdir sans peine. Mais dans tous les pays inconnus que j'avais visités, le même sentiment de « déjà-vu » m'avait toujours accompagné. La ville de mon rêve d'enfant se confondait maintenant avec l'univers tout entier et je pouvais tourner mon regard dans n'importe quelle direction, partout c'était elle dont je retrouvais la forme.

C'est comme ça toujours que tout commence : lorsque vient la certitude d'avoir touché le fond, d'en avoir fini pour de bon avec le fatigant commerce des pensées, des émotions, des sentiments et qu'il n'est plus possible de se vouer à rien sinon au vide en soi. J'en étais parvenu à ce point très précis de ma vie. À cela, il y avait toutes sortes de raisons dont j'avais parlé dans mes livres, qui tenaient à la mort de notre fille et à l'entreprise sans espoir à laquelle je m'étais moi-même voué de rester infailliblement fidèle à une expérience dont j'aurais dû savoir depuis le début qu'elle ne pouvait conduire à rien de sensé. Écrire avait été ma façon de partir, de disparaître en plein jour. Et j'avais réussi. J'avais réussi au-delà de toutes mes espérances. Nulle part n'existait plus où me figurer que ma vie m'attendait.

Oui, j'étais totalement perdu, complètement égaré dans le temps qui, de jour en jour, avait pris la forme d'un labyrinthe recouvrant la surface saturée de signes du monde, où n'importe quel lieu valait pour tous les autres et comptait aussi peu. Toute figure s'était défaite. Je me voyais au milieu de l'informe. Cela ressemblait à une hallucination douce et anxieuse. Pourtant, la débâcle à laquelle je me laissais aller me procurait beaucoup de joie. Je me trouvais délivré de tout devoir, déchargé de toute dette, rendu au grand rien léger de choses chaque fois nouvelles et toujours insignifiantes. J'avais rejoint mon rêve. J'étais seul au milieu d'un néant clair qui comprenait tout horizon. Tout était à reprendre. N'importe où.

Dans de telles circonstances, j'ai écrit le roman qui commence ici. J'étais dans le seul état d'esprit qui convient, celui qui explique, s'il ne le justifie pas, qu'on s'engage à nouveau dans l'entreprise un peu honteuse et tout à fait insignifiante d'écrire. J'étais à bout. Cela faisait cinq ans que cela durait. Je ressemblais à un joueur qui a tout misé sur un seul numéro et qui s'étonne à peine d'avoir laissé sa fortune sur le tapis. Je voulais changer d'espace, pas pour me délivrer de ma peine mais pour en éprouver ailleurs et autrement l'inépuisable et pathétique profondeur. J'ai donc écrit ce roman. Je l'ai fait au hasard : comme on s'enfonce dans un rêve. Je voulais m'en aller, tout laisser derrière moi, tourner le dos au monde où j'avais vécu. Je pensais que n'importe quel récit me délivrerait, me conduisant loin de moi.

2

HISTOIRE DU POÈTE
KOBAYASHI ISSA

1

Un préjugé faussement savant veut toujours
que la poésie ne signifie rien, qu'elle soit parole
pure et sans objet. Ou encore la promesse jamais
tenue d'un arrêt dans le glissement incessant des
mots vers le néant. Ce préjugé n'admet pour la
poésie d'autre vérité que le vide : l'illumination
unique selon laquelle s'éclaire la vaine vacance
du temps.

seul suspens du sens — faisant signe vers le rien —
tel est le poème

Et cette illumination vide, il arrive qu'on lui
donne toutes sortes de noms empruntés aux philosophies les plus lointaines ou les plus impro-
bables. Le bouddhisme zen appelle ainsi *satori*
l'éclair qui déchire le voile opaque des phénomènes et qui livre la conscience à une extase sans

contenu. Alors l'esprit se défait de toute illusion et, constatant comment tout autour de lui est voué à se perdre, il consent à sa débâcle et y découvre la forme propre de sa joie.

Voilà exclusivement, pensons-nous, ce qu'exprime la poésie japonaise, ce sentiment de l'impermanence affectant toute perception, et dans le flux sans fin des instants s'effaçant à mesure ce redoublement de rien auquel parvient le poème. Le sens s'offre en sacrifice, l'existence s'annule et dans l'extase ainsi atteinte elle se libère enfin d'elle-même. Alors, dans le murmure tumultueux et inépuisablement coloré du monde, la parole n'ouvre plus qu'un bref intervalle muet de syllabes blanches et désolées :

oui, tout est néant — passage, vapeur, silence —
dit la poésie

Mais Issa ajoute :

cependant

2

Kobayashi Issa naît en 1763. Au cinquième jour de la cinquième lune, disent les calendriers japonais. Il ne se prénomme pas Issa mais Yatarô. Issa est le nom qu'il s'est choisi à l'âge de vingt-neuf ans. L'un de ses poèmes précise que ce fut à l'arrivée du printemps. La légende rapporte qu'il avait songé aussi à s'appeler Kobayashi Ikyo. Ou encore Nirokuan Kikumei. Changer de nom fut pour lui l'indice d'une renaissance qui eut lieu, a-t-il dit, dans le temple de la poésie.

voici le printemps — Yatarô naît de nouveau —
sous le nom d'Issa

Issa signifie une tasse de thé. Un jour de sa jeunesse, l'homme contemple l'eau verte et brûlante dans laquelle, parmi le dépôt des feuilles, il lit la forme de son nom. Le thé est bouillant, il mord ses lèvres et desquame le sommet de son palais. Quand Issa pose la tasse sur la table de bois, il voit les cercles qui cognent en ondes inégales aux parois du récipient et tout un remuement d'ombres et de rides dans la profondeur du liquide :

sur la mousse verte — thé de la nouvelle année —
une bulle seule

Issa s'invente un nom et, de ce nom, il signe son premier poème. Et le nom que ses parents lui ont donné, il l'échange contre une simple tasse de thé : il l'abandonne pour rien, il devient lui-même ce rien. On peut bien entendu accorder toutes sortes de significations édifiantes à cette anecdote. Pour l'expliquer, Issa lui-même raconte qu'un poète errant ne peut être autre que ce qu'il est, semblable à une vague qui doit se briser sur la plage, acceptant la loi de son existence éphémère. Mais peut-être ne prête-t-il pas à la chose davantage d'importance qu'à une plaisanterie. Il en a déjà trop vu pour confondre la poésie vraie et la prière satisfaite. Il sourit de toutes les superstitions. Si sa vie est exemplaire, quant à moi je le crois, c'est qu'elle est comme la nôtre sans savoir ni secours.

3

Personne ne sait jamais rien du temps de sa
vie. Issa naît en 1763. Il a deux ans quand meurt
sa mère et sept quand son père, Yagobei, prend
une nouvelle épouse du nom de Satsu. Il a qua-
torze ans quand il lui faut quitter son village
natal de Kashiwabara, laisser derrière lui la province de Shinano (maintenant Nagano), prendre
la route d'Edo (que nous nommons aujourd'hui
Tôkyô) et, chassé par l'animosité de sa belle-
mère, s'y faire sans doute secrétaire ou employé.
Des dix années qui suivent, il ne reste aucune
trace. C'est tout un roman perdu.

D'autres événements viennent ensuite : d'un
côté, il y a la matière tendre et toujours mobile
de la vie ; de l'autre, il y a ce qu'en fixent les
livres. Ce sont parfois des journaux, des carnets
où la prose se mêle aux vers. Tout le contraire de

ces anthologies attendues, de ces recueils répétés que préfèrent nous transmettre les traducteurs et où chaque note prend aussitôt valeur exclusive d'aphorisme. Non, les livres d'Issa exhibent tout à fait autre chose qu'une sagesse convenue pour chasseurs de citations et faiseurs d'albums. Ils disent l'expression nue par un homme de l'énigme enchantée de sa vie.

À Issa, la poésie sert à faire une marque un peu plus profonde dans le sillon d'encre que son pinceau laisse sur le papier. C'est tout. Issa est comme n'importe quel autre homme. Lorsque, à vingt-quatre ans, il signe le premier de ses poèmes, il ne peut rien prévoir du cheminement de ses jours : de l'allongement ou du rétrécissement de son pas, de l'incroyable et fastidieuse répétition des saisons qui l'attendent, de la sidérante trépidation immobile du chagrin, de la légèreté sans merci du plaisir, de la fatigue enfin. Il ignore tout de sa vie et même comment, au dix-neuvième jour de la onzième lune, en cette année 1827 d'un calendrier qui n'est pas le sien, retiré dans une remise épargnée par le feu, quelques mois après le grand incendie dévastant son village natal de Kashiwabara, il trouvera la mort en fin d'après-midi.

4

Comme pour nous, la mémoire est pour Issa
cette chose informe :

souvenirs flottant — oui dans le fleuve du temps —
alluvions dépôts

Issa a vieilli. Il va mourir. Je l'imagine : en
rêve lui reviennent chaque jour davantage des
images qu'il aime. Mais le fil du récit manque qui
lui permettrait d'en savoir le sens. Chaque nuit le
livre au même désordre tendre et dans la torpeur
moite d'une agonie qui s'éternise, il demande au
temps de lui dire seulement le chiffre de sa vie.

Ou alors : une grande clarté se pose sur toutes
les choses qui ont fait son passé et il voit soudainement l'ordre dans lequel toutes elles s'inscri-
vent. Il rend grâce au néant qui l'attend. Il sent la

mort monter sur lui comme on tire sur ses épaules une couverture afin de hâter l'oubli et la nuit.

Sur son lit de mort, on rapporte qu'Issa compose deux poèmes aux significations étrangement opposées. Le premier est :

il faut remercier — même la neige sur moi —
don du paradis

Et le second dit :

du bain des enfants — et jusqu'au bain des défunts —
oh, tout est non-sens

La vérité qu'exprime la poésie d'Issa contient ensemble ces deux propositions contraires.

5

Personne ne connaît cette figure totale du temps qu'on nomme Histoire et qui existe seulement dans la pensée d'un dieu absent :

bruit et fureur — cauchemar dont on s'éveille —
siècles de silex

À l'époque d'Issa, le Japon vit dans l'immobilité impensable d'un récit arrêté. À Sekigahara, les armes ont autrefois — plus d'un siècle auparavant — livré tout pouvoir au clan des Tokugawa. Il a fallu quinze ans encore à Ieyasu pour tenir le pays en entier dans sa main et poser les conditions de la paix la plus durable, la plus totale qu'ait jamais connue une nation civilisée : plus de deux cents ans s'écoulant sans guerre ni révolution, ni soulèvement d'aucune sorte. Plus rien, en somme, n'ayant lieu dans le temps : la fin de l'Histoire avant la fin de l'Histoire, l'ordre partout accepté d'une société fixée à ses règles et administrant ses affaires sans laisser se développer en elle aucune possibilité de dissidence vraie. Partout dans le pays : la loi confucéenne substituée à la pensée et assignant à chacun sa place dans l'Empire. Et à Edo : le luxe tapageur d'un spectacle où le monde se distrait de lui-même parmi les couleurs criardes des toilettes, des théâtres, des estampes. Le Japon dans lequel vit Issa est aussi celui que peignent bientôt Utamaro, Hokusai, Hiroshige.

Je simplifie, bien sûr. Parfois une fissure se fait. L'univers rappelle aux hommes sa fatalité de violence quand la terre tremble, que les flammes ravagent les villes ou qu'un volcan se réveille et laisse couler autour de lui ses longues langues de lave violet et noir. Il arrive aussi que ce soient les hommes eux-mêmes qui dévastent soudainement leur monde et que la misère, l'impôt, l'injustice exaspèrent passagèrement telle ou telle cité du pays. Mais tout cela a lieu pour rien, sans effet ou écho, sans aucune autre perspective que le retour à son point d'équilibre du balancier parfait des choses.

6

Au moment où naît Issa, le pays a fermé ses frontières au monde depuis plus d'un siècle. Il faudra près d'un siècle encore pour que, pénétrant dans la baie d'Edo, la flotte de guerre américaine commandée par l'amiral Perry vienne forcer l'Empire hors de son vieil isolement. Le monde extérieur est un souvenir et un mirage, parfois un fantôme qui vient presser ses formes aux rives du pays. Navires russes ou anglais rôdent à proximité des ports et des rades. La torture, la persécution, l'indifférence ont fait partout disparaître le christianisme qui, au sud seulement, survit dans le secret des communautés et des catacombes. Davantage que la foi ou la pensée, la science d'Occident intrigue encore les Japonais : on traduit les premiers traités d'anatomie d'Europe et l'on introduit d'Allemagne les techniques de la médecine nouvelle. Mais quant au reste, on n'en sait rien et l'on ne s'en soucie pas.

Qu'est-ce qu'une vie ? Quelques dates qui figurent également dans le grand calendrier fictif de l'Histoire universelle et, accrochées à ces dates, autant d'anecdotes minuscules qui, bientôt, ne concerneront plus personne. Issa naît en 1763, il grandira sous le shogunat de Tanuma Okigitsu et de son fils Okitomo. Louis XV règne alors sur la France, le divin Mozart a huit ans, Jean-Jacques Rousseau vient de signer le *Contrat social*, l'*Émile*, *La Nouvelle Héloïse*. Ce que l'on nommera plus tard l'Ancien Régime se termine dans les fastes et les fards d'une fête fade.

L'enfance d'Issa, rapporte la légende, fut comme une suite de souffrances, l'histoire d'un petit orphelin livré sans merci au sadisme de ses proches. Plus terrible que celle des contes, une marâtre jalouse le poursuit de sa haine : on le méprise, on le bat, on l'éloigne de la confortable maison paternelle et on l'envoie travailler aux champs. Adolescent, il part pour Edo. Quand la Révolution éclate en France et que l'Europe tourne dans le sang et l'hystérie la page la plus importante de son histoire, Issa, lui, qui n'en sait rien, entreprend de se consacrer à la poésie. Pourquoi pas ? C'est sa manière à lui de rester vivant dans le désœuvrement du temps.

7

Ensuite ? Plus rien, ou presque : une vie de longue errance, les voyages à travers le pays, la poésie, des poèmes par centaines et à côté d'eux, tout juste le labeur banal du malheur, de la misère. Adulte, Issa perd son père emporté par la fièvre typhoïde. Dans son journal, le poète raconte l'enfer familial dessinant ces cercles avides autour du lit de l'agonie : les disputes, l'héritage, le cadavre auquel on se cramponne, le corps livré aux flammes, le recueillement rituel des cendres et des ossements. C'est l'an X du calendrier révolutionnaire. Plus tard, l'année où la grande armée pénètre dans Moscou en flammes puis se perd dans les neiges et les glaces de la Berezina, Issa décide de quitter Edo, de renoncer à sa vie de poète vagabond, de s'installer dans son village natal de Kashiwabara et d'y finir sa vie parmi les paysans. Il a quarante-neuf ans.

L'histoire continue. D'autres chagrins l'attendent : en sept ans, Issa voit tour à tour mourir sous ses yeux ses trois enfants puis leur mère. Pendant ce temps, en Europe, c'est tout un monde qui s'écroule dont il n'aura jamais su même l'existence. Puis, tout finit par rentrer dans l'ordre, le temps fait son travail mélancolique sur les hommes et sur les nations. Il les restaure dans leur état immobile d'attente, d'oubli, de souffrance avant de les verser dans le néant qu'ils ignorent. Issa meurt à l'âge de soixante-quatre ans. À Paris où l'on attend d'autres révolutions encore et de nouveaux régimes, de grands écrivains se nomment Chateaubriand ou Balzac.

Que sait-on, au fond, d'une vie ? Si cela avait un sens, il faudrait pouvoir se représenter que l'insignifiant Issa est le contemporain de Lamartine et celui d'Hugo, de Saint-Just et de Napoléon, qu'à un moment tous ces hommes ont respiré, pensé, vécu à l'intérieur de la même épaisseur impensable du temps.

8

Mais le temps de l'Histoire n'est pas un, il n'a pas de sens, vient de nulle part, conduit n'importe où. Chacun s'y trouve un jour jeté et s'éveille avec stupeur parmi un fouillis de fables, dans l'épaisseur d'un récit mal tramé et au fond indifférent où de vieilles légendes font autour de soi une rumeur d'échos déclinants. Ni le passé ni l'avenir n'existent, le présent est un pur vertige, verticalement ouvert entre deux perspectives fausses filant dans le vide devant et derrière soi.

L'Histoire lie ce qui jamais n'eut de sens et jette dans le vide l'arc d'un pont entre des univers disjoints. Quand l'Empire romain et l'Empire chinois dominent le monde de tout l'éclat de leur puissance et de leur civilisation, le Japon n'est rien. Il émerge à peine de sa préhistoire deux siècles après que Rome est tombée aux mains des Barbares. Un temps, la grande nuit enveloppante de la guerre, du désordre, de l'anarchie s'étend sur l'Occident et sur l'Orient. Les civilisations s'effondrent et elles se monnaient en ruines, en vestiges, cependant qu'ailleurs le cours du temps se poursuit imperturbable, monotone et que d'autres posent sur des terres inconnues les fondations de mondes encore inouïs — qui, à leur tour, disparaîtront ensuite en poussière. Le royaume franc survit dans l'ombre que fait sur tout le continent la grandeur disparue de Rome quand en l'an 645 commence au Japon l'« ère du grand changement » et que l'État naissant s'édifie là-bas selon le modèle imité des Tang. En 712, le *Kokiji* se trouve présenté à l'impératrice Genmei, et avec lui c'est le tout premier livre de la littérature japonaise qui accède à l'existence. Mais en Occident, sinon dans quelques caches sur les marges du monde, rien ne reste de la poésie grecque ou latine, toute la culture antique tourne à d'invérifiables légendes ensevelies dans le feu et le sang. Une histoire commence, une autre s'achève, et l'on imagine mal que toutes deux ont lieu à l'intérieur d'un seul et même temps, singulier, absurde, irrégulier et en somme rigoureusement impensable.

9

Sans cesse, parmi les choses qu'élèvent les hommes, tout se dresse et puis s'affaisse : chaque individu, quels que soient l'époque et le ciel qui le voient naître, assiste à l'aube et au crépuscule de toute création. Les livres qui s'écrivent demeurent, avec chaque génération nouvelle, comme les témoignages inutiles de ce grand recommencement pour rien qu'est l'Histoire. Autour de l'an mille, quand l'Europe connaît certaines de ses heures les plus obscures, le Japon accède, lui, à la grande clarté de son âge classique : le clan Fujiwara gouverne Heian et tout scintille à la Cour impériale dans la lumière d'une civilisation exquise. Des femmes inventent une écriture qui dépasse en somptueuse complexité, en souveraine délicatesse le bégaiement presque barbare et naïf auquel se réduit désormais la poésie d'Occident. C'est le temps de Sei Shônagon et de

Murasaki Shikibu, l'auteur du *Genji monogatari*, ce chef-d'œuvre anachronique au regard des certitudes arrogantes de l'Europe puisqu'il porte au comble de son raffinement l'art du roman tel que ce dernier attendra encore quelques siècles pour être réinventé par des écrivains de France, d'Angleterre ou d'Allemagne. Il faudrait pouvoir comprendre que, dans l'ordre inintelligible du temps, l'improbable Turold, s'il existe, vient après Murasaki Shikibu, car le poète français naît vraisemblablement à l'époque où meurt la romancière japonaise et c'est au moment où, avec *La Chanson de Roland*, l'épopée apparaît en France sous sa forme la plus forte et la plus fruste qu'au Japon le roman atteint à une perfection savante qu'il n'égalera jamais plus.

Et puis le chaos revient comme il fait toujours pour mettre le monde entier d'accord et à genoux dans la fange et la cendre : l'affrontement des clans Taira et Minamoto vaut celui des Gloucester et des Lancastre ; comme celle des Roses, la guerre de Cent Ans est de tous les siècles et s'étend sur tous les continents. L'humanité s'abandonne à sa vieille routine carnassière. Les générations se succèdent et elles ne connaissent que l'arbitraire du désordre au point d'oublier tout à fait la signification du mot paix.

10

Alors, sans que l'on puisse vraiment savoir pourquoi — sauf à supposer qu'il existe un point de néant au-delà duquel mécaniquement les choses humaines reviennent d'elles-mêmes à leur point d'équilibre —, le calme s'installe doucement sur la terre des famines et sur celle des massacres : on reconstruit, on cultive, on relève les ruines et on dresse pour certains — pour certains seulement — le décor d'une vie plus douce.

Le régime d'Edo connaît son apogée vers la fin de ce que l'on nomme en France le Grand Siècle et qui annonce déjà le temps des Lumières : une civilisation du bien-être, du luxe, du plaisir se développe et cultive un art vrai de la jouissance personnelle tout entier placé sous le signe de l'*ukiyo*, le monde flottant des désirs, où l'impermanence de toutes les choses humaines devient le gage d'une extase sensuelle et mélancolique.

Saikaku, le grand romancier d'Osaka, l'auteur de *Vie d'une amie de la volupté*, et de dizaines d'autres livres qui constituent une vraie comédie humaine japonaise, est l'exact contemporain de Fénelon et de Mme de Lafayette. Bashô, que tous tiennent pour le plus grand poète japonais, l'homme qui donna à son art sa juste profondeur spirituelle, est l'exact contemporain de Boileau et de La Fontaine. Chikamatsu, qui écrivit pour le bunraku et le kabuki, que l'on compare banalement à Shakespeare, est le contemporain approximatif de Jean Racine.

Il faudrait pouvoir se représenter ensemble dans le temps intotalisable de l'expérience humaine toutes ces vies — et avec elles, après elles, celle de Kobayashi Issa.

11

Les mêmes images existent partout et dans toutes les langues. Elles viennent dire l'écoulement sans direction de la durée, la lente dérive tournante du temps à l'intérieur de laquelle passent des formes de nacre et de perle, les nappes liquides aux grands yeux aveugles qui glissent les unes sur les autres et font dans la profondeur de l'eau comme des frottements de cadavres et d'étoffes, leur raclement de ventre sur l'ignoble tapis décati des mondes. C'est un tourbillon si calme qu'on le confond avec la révolution même des choses et qu'on ne le perçoit pas davantage que le mouvement de toupie folle que la terre fait sur elle-même.

Héraclite : « Aucun homme ne se baigne jamais deux fois dans le même fleuve. » Et Kamo no Chômei : « La même rivière coule sans arrêt, mais ce n'est jamais la même eau. De-ci, de-là, sur les surfaces tranquilles, des taches d'écume apparaissent, disparaissent, sans jamais s'attarder longtemps. Il en est de même des hommes ici-bas et de leurs habitations. » Et encore : « Les uns meurent un matin, qui sont remplacés le soir par de nouvelles naissances. Exactement comme l'écume qui paraît et disparaît sur l'eau. Et ces hommes qui naissent et meurent, d'où viennent-ils, où vont-ils ? Nous l'ignorons. »

Toute sagesse dit : le temps est un fleuve. Mais, en réalité, personne ne se tient jamais sur la berge des mondes pour en contempler le cours. Tout lestés d'eux-mêmes, les corps flottent dans l'épaisseur qui les étouffe, entourés d'une lumière bleutée de néons, passant entre deux lignes de néant, sans rien savoir du remuement vert et gris qui les balance et les porte vers nulle part. Le fleuve du temps est sorti de son lit pour recouvrir le cercle sans couture de l'horizon. Il déverse partout sa matière opaque sur les hommes et les noie.

comme le poisson — ignorant de l'océan — l'homme dans le temps

La poésie est le sentiment du temps, son chiffre ébloui et impuissant. Il n'y a pas de vérité plus forte et plus désespérée.

Au Japon, le pessimisme de Bouddha épouse la forme vide des mêmes paysages sans cesse coloriés de couleurs différentes par le changement des saisons. La langue japonaise connaît toutes sortes de mots dont la philosophie peut choisir de faire de fragiles et douteux concepts afin d'exprimer cette perception doucement désolée de la vie. L'un de ces mots est *sabi*, qui signifie « navré », « déclinant », « ancien » et désigne toute extase mélancolique devant le spectacle minuscule de la grande impermanence des choses.

L'arbre qui fleurit un instant et que blanchit la clarté provisoire de la lune pleine pour un soir, la fleur qui se fane à peine dans son vase, la pierre qui se couvre de mousse et de rouille verte et rousse, l'herbe jaune qui grandit sur la terre et sous laquelle reposent des guerriers et des princesses : toutes ces choses disent le passage imperceptible du temps qui ravage, efface et oublie. L'Europe tient pour beau tout ce qui se dresse majestueusement dans l'espace et dans le temps, ce que la raison érige pour durer et inscrire son signe dans le néant. Mais au Japon, on trouve beau ce qui se soumet à la loi vide de l'être et qui se défait délicieusement afin d'offrir au cœur de l'homme un moment pur de jouissance triste.

C'est en tout cas ce que nous apprennent les livres de philosophie et de littérature.

13

Ces mêmes livres disent d'Issa qu'il est, après Bashô et Buson, le troisième des grands maîtres du haïku, ce vers suffisant de dix-sept syllabes qu'on confond souvent et à tort avec l'essence même de la poésie classique japonaise. Mais au moment où Issa écrit — et même s'il lui arrive de l'utiliser parfois — le mot haïku, en son sens actuel, n'existe pas. Il ne s'imposera qu'à la toute fin du XIXe siècle sous l'influence de Masaoka Shiki qui l'inventa. Pour ne pas commettre d'anachronisme, à tout prendre, il faudrait dire plutôt haïkaï. Le tanka — ou poésie courte — compte traditionnellement trente et une syllabes, elles-mêmes distribuées en deux versets dont le premier, avec ses dix-sept syllabes, est appelé hokku. *Haïkaï* veut dire « comique », « cocasse », « burlesque ». Je suppose que *haïku*, qui vient de la contraction de *haïkaï* et de *hokku*, signifie quelque chose comme « verset divertissant ».

Sa seule brièveté définit le haïku. Bien sûr, il existe à son sujet un grand nombre de règles très strictes. Mais il n'en est pas une seule qui ne tolère de nombreuses exceptions. Même le compte et la distribution des syllabes varient parfois selon un système de licences si savant qu'il vide la règle de toute substance et lui substitue l'arbitraire de la fantaisie la plus libre et la plus souveraine. Gardiens de la coutume et de l'orthodoxie, les amateurs tiennent beaucoup à la contrainte célèbre du *kigo*, l'indication temporelle qui permet de lier l'anecdote du poème à telle ou telle des quatre saisons japonaises. Cette mention — qui inscrit le poème dans le présent du monde — est censée garantir le haïku contre le risque de l'abstraction, de l'emphase, de la sagesse vide. Pourtant, nombreux sont les poètes japonais qui oublient sans dommage d'obéir parfois à cette règle.

Et si la poésie tout entière est perception hallucinée du temps, alors c'est chaque mot en elle qui doit faire signe vers l'écoulement sans répit des choses.

14

Toutes sortes de mythologies concernent le haïku en Occident. Et que la science, l'érudition les aient déjà mille fois réfutées n'ôte rien à leur force de conviction dans l'opinion cultivée. En raison de sa concision, les lecteurs d'Europe s'imaginent que le haïku condense l'essentiel de l'expérience poétique. Ils lui attribuent le privilège surnaturel d'exprimer la vérité sans objet d'une sagesse ineffable auquel l'esprit du poète parviendrait solitairement dans l'illumination de l'extase.

Mais le haïku n'est en rien le produit d'une ascèse. En vérité, il est d'abord le résultat d'un jeu. L'éclat singulier dont il brille dans les traductions dont nous disposons est largement une illusion. À l'époque des maîtres, le haïku n'existe que rarement seul : il est l'élément de base d'une création collective (le *renga* où toute notion de propriété littéraire s'abolit aussi sûrement que dans un cadavre exquis surréaliste). Ou bien il s'intègre à un texte en prose (*nikki* ou *haibun*), carnet de voyage ou journal intime qui, seul, lui donne son sens exact et sa résonance juste. Bashô — qu'on tient à juste titre pour le plus grand poète du Japon — est en réalité essentiellement un prosateur dont les poèmes n'existent souvent qu'en raison des récits où ils prennent place.

L'idéalisme d'Occident veut que le poème soit révélation de l'Être dans sa quintessence la plus pure, nudité des choses touchées au cœur d'une vérité si intense qu'en elle se perdent jusqu'à la figure tangible du monde et des formes visibles qui le peuplent. Le haïku — tel qu'on se le représente en Europe ou en Amérique — vient servir cette mystification avec complaisance. On veut lire en lui l'indice absolu d'une manifestation si transcendante de la vérité qu'avec elle la parole se dispense de toute nécessité de contenu et communique à vide avec le grand silence émerveillé et vain de l'univers — ce silence dont le poète, se soumettant à lui, se fait maître.

15

De nouveau, je simplifie : chacun sait en effet que le haïku n'existe qu'en raison même de son attachement à la fibre triviale et modeste du monde. Car avec lui, renonçant au symbole, le poème se déshabille de toute sa rhétorique pour pointer du doigt, en un geste bref et libre de toute implication métaphysique, la silhouette seule des choses sous le regard d'un œil absent : la fleur, l'insecte, la neige, le poudroiement microscopique des phénomènes et tout cela qui est encore et ne prétend à rien d'autre qu'à la gratuité inutile d'être.

Mais, selon un tour assez prévisible, cette insignifiance-là se constitue en une signification nouvelle et majuscule : la fleur, l'insecte, la neige, tous les autres objets évoqués deviennent les termes d'une algèbre vide à l'aide desquels le poème se détourne du monde et se désigne infiniment lui-même : absence suffisante et satisfaite. La mécanique du sens joue imperturbablement et la notation la plus plate, la plus quotidienne prend d'elle-même l'apparence d'un aphorisme, d'une énigme aux dimensions de l'univers et dont la poésie seule détiendrait la clé :

> j'écris un haïku — cerisiers sous la neige —
> blanc sur blanc néant

En vérité : le haïku est un art sans autre mystère que la confusion entretenue autour de lui par l'exotisme spiritualiste des philosophes, des poètes et des autres esprits religieux d'Orient et d'Occident. C'est pourquoi il y a une grande ironie à le voir devenu en Europe le refuge même de l'idéalisme poétique quand, historiquement, au Japon, c'est précisément en rupture avec un tel idéalisme qu'il s'est d'abord constitué. Deux siècles et demi avant Issa, au temps de Rabelais, un ancien guerrier du nom de Yamazaki Sôkan jette le vers noble aux chiens noirs de la prose et, tournant en dérision la poésie de cour, compile un recueil satirique intitulé *Inu tsukubashu*. En japonais, *inu* signifie « chien ». Le haïkaï naît vraiment avec ce pavé jeté dans la mare. Il faudra attendre Bashô au siècle suivant pour tout ramener à l'ordre et imposer à la grande anarchie poétique japonaise la marque méditative propre de son génie contemplatif.

16

L'histoire de Saikaku, le grand romancier contemporain de Bashô, mériterait d'être davantage connue : riche héritier d'une famille bourgeoise de l'industrieuse Osaka, poète prodige surpassant à vingt ans tous les autres par la grâce de sa désinvolte prolixité, il porte l'art du haïku à son comble et, du même coup, l'exaspère et l'annule. À trente ans, il arrive à la maîtrise totale de son talent. Sa carrière consiste alors en un étourdissant enchaînement de happenings : il improvise en public des poèmes par centaines, dix mille en dix jours devant le temple shïntoiste d'Ikutama à Osaka, mille six cents en une seule journée devant un temple bouddhiste du même quartier, quatre mille en vingt-quatre heures, enfin, battant son propre record et méritant ainsi le titre de niman-ô — le vénérable des Vingt Mille —, à l'âge de quarante-deux ans, il compose en un jour et une nuit vingt-trois mille cinq cents poèmes devant le temple de Sumiyoshi. Beaucoup de légende entre sans doute dans de telles anecdotes qui voudraient qu'un seul individu puisse produire un haïku toutes les trois secondes sans aucun répit ni repos — et qu'un autre soit continuellement là afin de noter tous ces vers au vol ! Sa verve, sa puissance, sa fantaisie, son insousiance à l'égard des règles et des convenances, en somme sa sauvagerie, valent à Saikaku le surnom d'*Oranda* — le hollandais ; autant dire l'étranger, le barbare. Et puis Saikaku disparaît : la mort de son épouse puis celle de sa fille unique — enfant malade à laquelle le lie le plus grand amour — le jettent sur les routes. Le temps passe. Enfin de retour dans les cercles littéraires, une vie nouvelle commence pour Saikaku : il devient le plus grand prosateur de son temps, consacrant ses romans au monde des plaisirs, des femmes et des amours libertines.

un haïku vingt mille — le grand roman de la vie —
mais rien aussi bien

La vraie poésie se moque de la poésie : elle l'attire avec elle dans un abîme qui peut être celui du silence le plus grave. Mais parfois elle en fait aussi un énorme sujet de farce ou de plaisanterie légère. Et puis elle passe à autre chose : au roman, à l'amour, au jeu, et puis à l'oubli.

17

Dans le fleuve sans fond du temps, que fait Issa, flottant parmi l'infusion vert et gris où trempent quelques mirages amis ? Il vit.

glissant dans le gris — vois la barque sous la lune —
elle est sans pilote

Le village de son enfance est couvert par une neige sans fin : sur les sommets, la débâcle du printemps cesse tout juste quand reviennent déjà les premiers givres d'automne. Tous les hivers sont rudes et meurtriers. Le froid prend sa mère au petit garçon et le laisse orphelin à deux ans. Sa famille le délaisse. Il se tient devant la porte de la maison dont il a été chassé et où, auprès de son père, vivent une autre femme et un autre enfant. Nulle part il n'a plus de place. Seul, il suce son pouce, pauvre et triste, sale et sentant

la faim, victime des autres garçons de son village qui se rient de lui. Il ne possède plus rien du
tout sinon — et c'est énorme, bien sûr — toute la
splendeur du monde qui l'entoure : le cercle
blanc des montagnes quand il lève les yeux vers
le ciel, et comme une ronde de rien, la compagnie des créatures les plus faibles à ses pieds. Son
tout premier poème, Issa raconte qu'il disait :

viens joue avec moi — toi moineau sans ta maman —
nous sommes tout seuls

L'enfance d'Issa est une belle histoire triste à
laquelle il faut croire. Il ne manque rien à cette
toute petite légende où vont se pencher sur le
garçon perdu quelques figures tendres et secou-
rables : la grand-mère lui trouvant le lait et les
médicaments qui lui permettront de survivre, le
poète qui lui enseigne ensuite à lire et à écrire —
et cela est, sans doute, une manière aussi de survivre. À cinq ans, Issa sait tout du monde, de sa
méchanceté et de son inépuisable beauté. Vivre
va lui servir à vérifier ce savoir.

18

Pourquoi Issa écrit-il ? Pour rien, certainement, et juste afin de constater la longue inutilité
de la fête sans fin de sa vie.

Il n'est pas un poète précoce. Si l'on y pense, il
a presque trente ans quand il compose les premiers vers qui nous restent de lui. Toutes sortes
de souvenirs doivent peser sur sa mémoire. Issa a
vraisemblablement reçu de ses maîtres morts,
Shimpo et Chikua, la charge de millliers de
poèmes fabriqués dans sa langue avant lui. Il sait
tout d'un jeu dont les ressources ont été épuisées
par d'autres. Son pinceau reste longtemps suspendu sur le blanc du papier. Il hésite à y laisser
une trace.

alors tout est dit — a déjà été pensé —
et l'on vient trop tard

Ce n'est pas qu'Issa ait trop de respect pour la poésie, qu'il se sente indigne d'elle. Au contraire. Pour s'y livrer avec l'arrogance que les autres y mettent, il manque juste d'assez de sérieux et d'un peu de courage. Il se dit qu'au fond cela suffit et qu'il y a déjà eu assez de mots posés sur le monde au cours des siècles, de poèmes fatiguant l'horizon de toute leur solennité vaine, que la lune, l'étang, la neige, les fleurs de cerisier ont bien mérité qu'on les laisse un peu tranquilles, qu'on les abandonne au grand silence calme qui leur convient. Si Issa se résout à écrire, peut-être est-ce avec la certitude que cette décision ne l'engage à rien, que toute histoire est finie, qu'il n'y a rien à ajouter du tout à ce que d'autres ont dit, qu'il est juste question de s'effacer, de fatiguer sa vie dans l'insignifiance paisible d'un temps qui, de toute façon, s'enfuit.

Écrire, il le sait, est juste une façon de laisser pour personne un signe dans le soir :

au soleil couchant — sur un mur pour toi j'écris —
j'ai été ici

19

Donc, Issa voyage. Pendant dix ans, il fatigue
les routes qui conduisent d'Ise à Nara et d'Osaka
à Kyôto. Aucune des îles méridionales du Japon
ne lui demeure inconnue. Il se rend à Shikoku et
à Kyûshû. Pourtant, son vrai paysage reste fait
de montagnes. L'hiver, il gravit des sentiers de
neige sur lesquels il laisse les traces de ses pas,
résiste à la brume glacée qui pèse sur les parois et
remplit les vallées, voit enfin briller le soleil sur
des sommets que la légende a peuplés de dieux.
L'été, à l'heure de la sieste, il s'allonge sur l'herbe,
s'adosse à un rocher, dort quand les torrents
grondent et font grossir la rumeur des ravins. Les
fois où il n'a pas trouvé d'abri, il se couche sous
le grand ciel de tente de la nuit. Et quand le
matin vient, il suit des yeux le long mouvement
que fait le vent au-dessus de lui :

nuages en passant — sont montagnes qui passent —
encore aujourd'hui

écrit-il. Et aussi, car tout lui est surprise :

me voici vivant — magnifique étonnement —
dans l'ombre des fleurs

Toutes les merveilles du monde l'accompagnent et fleurissent dans la solitude de son errance. Il traîne derrière lui tout un cortège de
féeries. L'isolement absolu dans lequel il a choisi
de vivre suscite partout des prodiges.

20

Où en est la poésie, au temps d'Issa ? Au même point d'immuable médiocrité où on la trouvera toujours. Elle est objet d'affairement, de négoce, de calcul dans la minuscule et perpétuelle foire aux vanités où se disputent toutes sortes de têtes faibles et de cœurs vides. Issa passe pour le dernier poète de haïku. Et Masaoka Shiki — qui fut à l'origine de son renouveau moderne — considère qu'après Issa, le haïku ne survit plus dans le Japon d'Edo que sous ses formes les plus vulgaires et les plus déliquescentes.

De tout cela, Issa ne semble pourtant pas se soucier beaucoup. S'il est le dernier des poètes, son art n'a rien de crépusculaire. Tout au contraire, on dirait de sa poésie qu'elle célèbre le perpétuel matin du monde, qu'elle place puérilement sa confiance dans l'espérance du renouvellement intact et quotidien de toutes les choses douces au cœur de l'homme. Il s'ensuit beaucoup de malentendus qui expliquent qu'on tienne parfois Issa pour un écrivain mineur et qu'on ne perçoive de son œuvre que les traits les plus pittoresques ou les plus insignifiants. Car il faut beaucoup de subtilité et d'indifférence à l'égard des préjugés savants pour oser penser que l'art — sans rien renier ni de sa complexité ni de son ambition — conduise vers l'extrême simplicité d'une expérience tendre et insoucieuse de la pensée.

Issa est le poète de la vie, des enchantements d'enfants et des éveils émerveillés dans la nature. Il manque tout à fait de sérieux, c'est un vagabond, un pique-assiette qui ne prend pas même la peine de mettre son dénuement au crédit de quelque ascèse acceptable. Une fois, c'est vrai, Issa se nomme lui-même *unsui* — qui signifie « prêtre itinérant ». Mais aussitôt, il retire le mot. Quand il voit son ombre sur le sol, il a honte du personnage qu'on lui demande de jouer et de l'apparence de pèlerin que lui font son sac, son bâton, son chapeau, ses vêtements. La religion le fait rire. Il n'a aucun respect pour tout le commerce crédule qu'il voit prospérer autour de lui.

21

Je vois Issa. On le tient pour un excentrique, un idiot, un ravi. Longtemps, il erre à travers le pays, cherchant chaque soir le logis et la table qui l'accepteront. Ses petits poèmes lui servent de menue monnaie pour régler ses hôtes. On n'a jamais trouvé de réponse plus juste à la majestueuse question philosophique portant sur l'utilité, l'à-quoi-bon de la poésie en temps de détresse. Il trouve refuge dans une grange, se fait un lit dans la mangeoire du bétail ou sur la couverture du chat, dort à la belle étoile. Les poux et les moustiques lui tiennent compagnie et, averti de la nécessaire solidarité de tous les êtres vivants, il leur accorde à son tour l'hospitalité.

petites bêtes — ceci est mon corps mon sang —
venez et buvez

Tout étonne Issa : le travail continuel et invisible de l'herbe poussant partout, la fixité des étoiles dans le ciel nocturne épanoui, la fidélité du soleil grimpant au zénith et réchauffant le monde, le manège d'un chat ou d'un bébé jouant à ses pieds. Lui-même, il se considère avec juste ce qu'il faut d'ironique indifférence à l'égard de sa propre personne. Vieillissant, sa silhouette s'épaissit considérablement, ses cheveux tombent, ses dents se gâtent. Il est victime de crises dont la plus violente le laissera un temps aphasique. À la veille de son tardif mariage, dodu bouddha souriant et concupiscent, il se demande avec amusement quelle sorte de jeune marié il va bien pouvoir faire au jour de la cérémonie. Son corps l'embarrasse un peu mais il se distrait de ses fonctions les plus grossières : dans la neige où d'autres poètes voient l'image sublime de l'impermanence et de la pureté, manipulant son pénis tout recroquevillé par le froid et que son gros ventre lui cache tout à fait depuis longtemps, il dessine avec son urine des signes jaunes assez dégoûtants.

Cela est tout à fait consternant, je le concède.

22

Toute l'œuvre d'Issa n'est qu'un long atten-
drissement devant le monde et je conçois bien
que cela suffise à le discréditer tout à fait. Issa est
bien le dernier des poètes. Cela signifie qu'il est
le plus tardif des maîtres mais aussi le plus hum-
ble, le plus douteux, le moins respectable.

Tel qu'Issa l'observe, l'univers n'exprime que
la grâce d'exister : le cheminement des fourmis
sur le sol, le vol vain des papillons et des libel-
lules, le chant gras des énormes cigales de sa
terre, la compagnie aimante des créatures les
plus vulnérables, l'épanouissement sexuel et sau-
vagement coloré des fleurs dans les champs lui
sont des célébrations suffisantes.

être rien qu'en vie — à l'ombre des cerisiers —
cela est miracle

Oui, il n'y a pas d'autre grâce que celle d'être né.

Tout cela — cette légereté enfantine — n'exclut d'ailleurs pas la pensée ni l'extase mélancolique de la sensibilité face à l'inflexible loi du temps. La jouissance de la vie suppose toujours, chez Issa, la conscience de son infinie fragilité. Tout plaisir fait signe ainsi vers la conscience sombre de son nécessaire anéantissement et rappelle à l'homme qu'il doit se résoudre au destin commun qui emporte et qui annule. Il y a parfois dans les poèmes d'Issa un peu de cette sagesse vaine et convenue. Par exemple :

à mourir un jour — oui tiens-toi prêt tiens-toi prêt —
les fleurs le répètent

Mais la mort n'est jamais le dernier mot de la vie pour la vraie poésie. Et Issa écrit aussi :

nous sommes au monde — et nous marchons
sur l'enfer — regardant les fleurs

Ce qui dit tout ou presque.

23

À l'époque où écrit Issa, il en va comme aujourd'hui et pèse sur la poésie tout le poids d'un passé mort. Bashô a disparu un siècle auparavant. Ses disciples le vénèrent tel un dieu, trafiquent ses reliques et tiennent boutique en son nom. Les écoles rivales se disputent sur la place publique et s'entendent en secret. On leur donne bien sûr d'autres noms dans le japonais de l'époque, mais il y a des revues, des colloques, des comités de lecture, des ateliers d'écriture, on distribue des bourses et des prix aux plus serviles des petits-maîtres. Le grand débat du temps n'a rien qui puisse nous surprendre. Il oppose en poésie le parti de la préciosité et le parti du populisme. D'un côté, la stricte et savante orthodoxie d'une littérature se prenant elle-même délicieusement pour objet, s'enchantant de ses codes creux et mimant l'accès à un savoir suprême se dispensant même des mots qui pourraient l'exprimer. En un mot, toute l'habituelle charlatanerie de l'ésotérisme. De l'autre, la protestation martiale d'une littérature prétendant retourner aux choses, à leur sens afin de rendre au peuple sa voix et au monde son chant. Et, dans ce cas, la vieille escroquerie de la démagogie poétique. Les deux clans se font front. On assiste à d'étranges retournements d'alliances. Tout le paysage poétique semble se renverser. Il y a des lecteurs, des libraires, des journalistes que cela épate. Mais bizarrement, on en revient toujours au même point d'absolue nullité. Un parti du populisme précieux et un parti de la préciosité populaire se forment et ils s'associent au sein d'un même syndicat. Les plus intelligents des critiques y perdent leur chinois. Les plus lucides des observateurs — s'ils font preuve du cynisme nécessaire — comprennent beaucoup mieux en quoi consiste ce commerce.

On ne sait très bien ni comment ni pourquoi mais Issa fait le seul choix raisonnable : il s'en va. Sans bruit, il se retire et se livre tout entier à la seule expérience qui le concerne. Il le fait sans fracas. C'est à peine si les annales de son époque conservent la trace de son passage. Quelque chose d'autre le requiert. On peut nommer cela la vérité. D'une certaine façon, il la trouve. Il est naturel qu'on lui en fasse payer le prix. Sa poésie attendra un siècle pour être lue. Elle aurait pu aussi bien ne jamais l'être. Et cela n'aurait strictement rien changé.

24

Ce qu'est la poésie d'Issa ? Eh bien, tout le contraire de ce qu'elle devrait être !

Cela seul la justifie. Issa ne se soumet pas à la règle. Il ne la redouble pas davantage en croyant la transgresser. L'exception absolue de son expérience n'infirme ni ne confirme rien. La règle, Issa ne s'en préoccupe pas. Il s'accorde à lui-même la liberté de faire comme si elle n'avait jamais existé. Un beau jour — il a près de cinquante ans —, il constate que se trouve maintenant derrière lui tout le faux savoir affecté dont on fait les poèmes. Il ne prend pas même la peine de dire un adieu emphatique à sa vie. Il a vu, il sait et cela lui suffit.

On peut raconter de toutes sortes de manières l'histoire de la poésie japonaise. Mais Issa n'a sa place dans aucun de ces récits. Son œuvre ne conduit nulle part. On peut lui dresser un peu partout dans le pays des stèles comme le veut la coutume. Ces monuments — pierres levées dans la campagne et où se trouvent inscrits quelques vers — ne signalent au promeneur que la trace presque effacée d'une expérience passante. Auprès d'eux, il n'y aurait pas de sens à s'arrêter : on ne fonde rien sur le vent. Issa n'est l'héritier de personne, il n'est le précurseur de rien. À un moment, il se tient dans le temps et c'est tout.

Sa prophétie ne concerne que le présent :

juste moi ici — il n'y a que moi ici —
et la neige tombe

25

Ce que devrait être un poète japonais, Issa ne l'est pas. Le bon goût commande au poète de s'effacer tout à fait devant le spectacle du monde, de ne laisser de lui d'autre marque que celle de son absence. La tradition lui dit de se retirer de la fastueuse féerie des phénomènes qui l'entourent, de ne pas même accorder à son ombre ou à sa silhouette une place latérale dans le grand tableau des choses. Elle répète que la seule élégance vient de l'ascèse par laquelle se révèle le jeu vide du monde dont tout chagrin et toute joie se dissipent dans un paysage d'indifférence. Mais Issa n'écoute pas.

Issa, lui, fait entrer toute la vie dans ses vers. Cela est inouï : il nomme les choses par leur nom. Il ne refuse pas les mots que les poètes, avant lui, ont usés — il n'en existe pas d'autres — mais soudain il les charge de leur sens le plus immédiat et les signes cessent d'être les symboles distingués d'une algèbre sans enjeu afin de désigner, dans toute leur épaisseur pathétique d'objets, les fleurs, les nuages et toutes les autres merveilles ordinaires. De l'allégorie en laquelle l'avait transformée la littérature, Issa délivre l'univers afin d'en faire le sujet d'une fable nouvelle où toutes les choses vraies auront désormais leur place. Il est un réaliste, un critique, un démystificateur sans merci. Autrement dit : un enfant qui montre du doigt la nudité des choses et qui en rit.

Toute sa vie à lui, Issa la fait également entrer dans ses vers. La poésie exige l'impersonnalité impassible du poète contemplant la géométrie abstraite de la page devenue la scène d'une anecdote si hiératique et si pure qu'elle parle de rien et ne concerne plus personne. Mais Issa s'avance et s'exprime en son nom. Il fait entendre une parole de compassion adressée à tous et qui lui appartient en propre. Cette parole dit : il y a un monde où les hommes aiment, souffrent et meurent, où chacun se trouve à son tour jeté au milieu des prodiges sans noms, des mirages cruels qui font toute existence éveillée. Et Issa ajoute : si la poésie ne parle pas de ce monde, alors elle n'est rien.

26

Ne cherchez pas ailleurs, lisez. N'accordez aucune forme de confiance aux falsificateurs de toutes sortes : les faiseurs d'anthologies, les bricoleurs de manuels, les poètes français, les escrocs, ceux qui s'autorisent de ce qu'ils ignorent pour vous fourguer leurs petites pièces délicatement versifiées, les moines et les gourous, les fraudeurs, ceux qui recrutent pour leurs sectes, qui parlent de zen et de koan, voudraient faire passer l'apathie de la prière pour la violence de la vérité. Instruisez-vous auprès des érudits, des traducteurs, des lecteurs de bonne volonté et à l'intelligence libre (par exception, ce sont parfois des écrivains : voyez Kerouac).

Lisez, par exemple — en anglais, dans la traduction de Sam Hamill, la seule aujourd'hui disponible —, le Journal qu'Issa a laissé de l'année

1819 et qu'on tient pour la plus accomplie de ses œuvres. Ce livre — où le récit intime qu'un homme fait de sa vie s'unit à sa poésie — s'intitule *Ora ga haru*. Cela peut se traduire de multiples façons : « Mon printemps », par exemple. Ou encore : « Le printemps de ma vie » — mais, pour comprendre l'ironie d'un tel titre, il faut se souvenir qu'à la date de ce texte, le poète a dépassé l'âge de cinquante ans.

Au Japon, le printemps est le temps où l'on célèbre la nouvelle année. Ainsi, chaque mot prononcé marque le moment d'un commencement. Dans sa langue, cinq siècles auparavant, un poète italien a donné à un livre comparable — histoire de désir et de deuil où la prose se mêle au vers — un titre identique. Car *Vita nuova*, en italien, signifie à la fois « Jeunesse », « Printemps » et « Vie nouvelle » qui, pour la poésie, sont une seule et même expérience. Et c'est bien le premier mot posé au livre de la mémoire qui ouvre dans le tissu du temps comme une incision à partir de laquelle tout se compte et se murmure : quand l'événement inouï de vivre se fait la matière d'une longue fable nouvelle où toute terreur et toute joie prennent place.

27

Toute la question est de connaître son commencement — et puis de s'en tenir à lui. Et c'est peu de chose. Issa a connu la fatigue éblouie de parcourir le monde, la traversée immense du chagrin et toutes les misères ordinaires dont chaque existence se trouve faite. À tout cela, il a survécu. Il a cru à la poésie et a eu, autant qu'un autre, sa part de plaisir. Il est presque un vieil homme désormais. Le temps lui semble venu de se retirer, de laisser derrière lui peut-être tout le commerce des mots pour se laisser aller à la seule joie sage d'être et d'aimer.

Issa rentre chez lui. Il obtient qu'on lui restitue la jouissance de la vieille maison familiale dont il avait été chassé autrefois. Il épouse la jeune Kiku qui lui donne un fils, Sentaro, mort presque aussitôt. Trois ans plus tard, une fille naît au couple qui la nomme Sato. Elle passe le tout premier hiver, échappe au froid, aux maladies qui emportent, à l'époque, tant d'enfants de son âge. Lorsque vient le premier printemps, la beauté vivante de l'enfant est telle que son père l'imagine protégée des dieux à tout jamais. Toute sa vie, il la consacre désormais à voir la petite fille grandir. Dans son Journal, Issa écrit : « Quant à moi, je suis déjà si vieux que le givre s'est mis à mes cheveux et chaque nouvelle année apporte de nouvelles lignes, de nouvelles rides à mon visage. Pourtant jamais je n'ai connu une paix, une intelligence du monde comparables à celles de mon enfant et je compte mes jours pour un gâchis absurde auprès des siens. J'ai honte quand je pense que ma petite fille, à l'âge de un an, se trouve plus proche que moi de la vérité. »

Plus rien n'existe alors que cet enchantement : le grand jeu du monde rendu soudain vivant par le passage gracieux d'une enfant. Telle est la beauté suffisante qui justifie l'existence et, accessoirement, la pratique de la poésie. Issa cite de Bashô ces seuls vers parce qu'ils dispensent désormais de tous les autres :

sans enfant aimé — aux fleurs de cerisiers —
nulle vérité

28

Un enfant meurt, et c'est toute histoire qui commence. Peut-être parce qu'il faut une telle mort pour se délivrer de la croyance ordinaire dans le temps, dans sa capacité à conduire chacun vers des lendemains toujours nouveaux où toute journée efface le chagrin de la veille et refait le monde à neuf dans la splendeur intacte d'un même matin. Une telle mort est nécessaire et c'est par elle que commence toute histoire : par cette déchirure-là qui renverse le mouvement des jours, le replie sur le même moment de néant.

Issa écrit : « On dit souvent que les plus grandes souffrances suivent les plus grands plaisirs. Mais pourquoi ma petite fille, sans avoir eu la chance de savourer encore la moitié des plaisirs de ce monde, elle qui devrait être aussi fraîche et vigoureuse que les aiguilles vertes qui poussent aux branches des pins éternels, pourquoi repose-t-elle sur un lit d'agonie, le corps tout gonflé par les plaies que le méprisable dieu de la petite vérole lui a infligées ? Comment puis-je, moi, son père, me tenir auprès d'elle et la voir se faner et se défaire, fleur parfaite soudainement ravagée par la pluie et la boue ? »

L'enfant ne survit pas à sa maladie. Chaque jour plus faible et méconnaissable, elle ferme enfin les yeux dans la grande gloire d'un matin d'été. Dans son Journal, une fois tout cela raconté, Issa recueille les poèmes que d'autres que lui ont composés à la mort de leur enfant. Ainsi de Raizan :

il faut être fou — dans ce grand cauchemar fou —
pour n'être pas fou

Ou bien de Rakugo :

Tous je les regarde — oh, eux qui dansent
et qui jouent — cherchant mon enfant

29

Deux fils naîtront encore à Issa dont aucun ne dépassera l'âge de un an. Puis, son épouse Kiku, à son tour, disparaîtra. De sa troisième femme, Yao, Issa aura enfin une fille, Yata, qui lui survivra. Mais, née quelques mois après sa mort, il ne l'aura jamais connue.

Au soir de sa vie, plus rien ne reste à Issa sinon ses rêves. Ils lui rendent l'illusion douce de tous ceux qu'il a perdus. Issa rend grâce alors à sa vie :

secret de mon cœur — je remercie mes enfants —
par la nuit si froide

Toute vérité tient en une phrase si brève que, pour la dire, même la brièveté du poème serait encore trop bavarde :

la vie est courte, le désir est sans fin

À la toute dernière page de *Ora ga haru*, Issa écrit : « Ceux qui croient que seule la foi peut apporter le salut et ne pensent à rien d'autre sont prisonniers encore du labyrinthe de leur propre volonté. Leur enfer tient à leur avidité de salut. De même, d'autres renoncent à chercher le salut, convaincus d'être déjà parvenus à l'illumination et que le Bouddha, sans leur secours, viendra corriger leur cœur. Eux non plus ne comprennent pas. Où est la réponse ? Elle est simple : il nous faut laisser de côté la question du salut ; ni la foi ni la vertu ne suffisent. Seule compte la confiance placée dans le Bouddha. Que nous soyons en enfer ou en paradis, il nous révèle le secret le plus intime. Et c'est seulement en suivant son chemin que nous pourrons parvenir à la délivrance. L'esprit en paix, réciter des prières d'une voix vide est inutile. Nous suivons la voie. Le salut est la paix que procure la parole. Toute bénédiction est dans le nom du Bouddha. »

je dis mon adieu — par-delà bien et puis mal —
à l'année qui passe

30

Que dit la poésie ? Elle dit le perpétuel désastre du temps, l'anéantissement de la vie auquel seul survit le désir infini. À la grande loi du rien régnant sur le monde, la fausse sagesse des hommes invite à se soumettre. En échange de la résignation, elle promet la paix et l'oubli.

La légende raconte comment une femme rendue folle par la mort de son enfant, son cadavre encore serré dans ses bras, se mit en quête du Bouddha pour apprendre de lui la raison de son malheur. Avec compassion, le regard perdu dans le vide, tout désir éteint en lui, flottant déjà dans le grand néant où chaque douleur s'apaise, l'homme saint contempla la jeune mère et il l'interrogea : ne savait-elle pas que tout ce qui naît doit un jour mourir et que donnant le jour à son enfant, elle le promettait déjà à la nuit du tombeau ? La légende rapporte qu'apaisée, la mère abandonna le petit cadavre aux flammes du bûcher et qu'elle se rendit ensuite à la grande clarté toujours vive de la vérité.

Quand son père agonise, Issa écrit : comme il est vrai, le proverbe qui nous rappelle que meurent tous ceux qui naissent et que toute rencontre sur cette terre n'est jamais qu'un adieu — et tout cela n'est encore que sagesse de convention semblable à celle que monnayent philosophies et religions. Mais au moment le plus noir de sa vie, contemplant son épouse en pleurs penchée sur le corps de son enfant, Issa, abattu et vieillissant, reçoit de cette jeune femme et de cette petite fille avec lesquelles il a vécu une vérité plus profonde qu'aucune autre. Issa raconte : « Sa mère s'accrochait au corps froid de l'enfant et gémissait. Je connaissais sa souffrance mais je savais aussi que les larmes étaient inutiles, que l'eau qui passe sous un pont jamais ne revient, que les fleurs fanées sont perdues pour toujours. Et pourtant, rien de ce que j'aurais pu faire n'aurait permis que se dénouent les liens de l'amour humain. »

Et à ce moment — à ce moment, seulement — Issa compose le poème qui dit :

monde de rosée — c'est un monde de rosée —
et pourtant pourtant

31

Que dit la poésie ? Elle dit le recommencement perpétuel du temps — rien d'autre —, du
temps qui déchire et défait mais qui ouvre du
même coup dans l'espace suffocant du monde une
brèche par où s'insinue, au plus noir du désespoir, le sens possible d'une vie nouvelle.

Du poème que compose Issa à la mort de sa
fille, personne ne saurait vraiment dire ce qu'il
signifie. L'essentiel, il le laisse en suspens. En
quelques mots, il dit la loi du temps — qui traite
toutes les choses vivantes comme si elles étaient
dotées d'aussi peu de substance que la rosée dissipée par le soleil du matin. Mais, à cette loi, pourtant, le poème laisse entendre qu'il est quelque
chose qui, dans le cœur de l'homme, ne se résout
pas tout entier.

De la poésie, de la vie, ceux qui croient avoir assez d'autorité pour en parler disent qu'elles n'expriment que la même vérité vide et vaine, que tout est poussière et vapeur, mirage miroitant un seul instant dans l'espace sans profondeur de l'existence, que le même néant nous attend tous, que la chair aimée retournera à la terre et qu'en conséquence le seul savoir qui compte enseigne à l'homme l'inflexible nécessité qui tourne tout ce qu'il a aimé en cendres froides, que la seule illumination à laquelle il soit digne de prétendre consiste en la révélation du rien auquel tout se rapporte enfin.

Issa n'ignore rien de tout cela. Oui, il y a la longue et interminable douleur de vivre, la fatigante routine du corps laissant passer sur lui les jours, la torture du temps et son lent travail d'effroi, toutes les affections les plus vraies une à une défaites, l'affolante solitude sur le versant le plus noir de la nuit ouverte et puis, dans la lumière verticale d'un matin indifférent, le corps aimé allongé et sans vie d'une enfant. Nul n'est censé ignorer tout cela. Pourtant, le dernier mot n'est pas tout à fait dit. Malgré la vérité, dans l'infini du désir, quelque chose insiste encore quand tout est terminé.

Tout est néant, bien sûr. Mais Issa ajoute :

cependant

3

KYÔTO

La chose a dû arriver des dizaines de fois. Et puis son souvenir s'est effacé. Un jour, pourtant, j'ai eu la certitude renouvelée de m'en être retourné à mon rêve d'enfant : égaré de nouveau, perdu tout à fait, flottant quelque part sans plus savoir qui j'étais. Je vivais donc au Japon. Alice et moi, nous étions partis là-bas pour y passer tout le printemps et puis l'été. La destination semblait susceptible de mettre assez de distance entre nous et notre vie. Mon deuxième roman venait de paraître à Paris. Je sortais nerveusement épuisé de l'entreprise : la longue immersion dans la lenteur des phrases, le livre qui grossit jusqu'à occuper tout l'espace mental du monde autour de soi, la nécessité de s'expliquer, de se justifier, et tout simplement l'énorme effort de s'en revenir une fois encore vers sa vie, vers ce récit dont je ne désirais pas du tout me délivrer et qui seul me liait encore au souvenir de notre fille.

Je voulais partir. J'avais obtenu une bourse assez généreuse du gouvernement français afin de me consacrer en toute liberté à l'écriture d'un possible essai sur la littérature japonaise. Il ne s'agissait pas d'Issa — dont j'ignorais tout et dont me détournait sans doute ma méfiance à l'égard des poètes. J'avais plutôt en tête un petit livre consacré à Natsume Sôseki, le grand romancier japonais que m'avait rendu irrésistiblement sympathique le récit de son exil londonien où je retrouvais l'aventure des quatre années assez misérables que j'avais moi-même passées dans la capitale anglaise. Je pensais à une sorte de roman peut-être mais dont je ne concevais absolument pas la forme qu'il prendrait. Je n'ai rien écrit. Il a fallu que je rentre en France, que passent encore plusieurs années pour que ce projet se mette à exister sous la forme que lui donne ce nouveau livre. Je cherchais seulement un lieu où ne me suivraient pas toutes les phrases dont mes deux romans étaient faits. Nous devions loger à Kyôto dans un appartement mis à notre disposition : une résidence réservée aux artistes, splendide dans le calme de la montagne, déserte.

De longues vacances s'annonçaient. Nous avions débarqué à l'aéroport d'Osaka. À l'arrivée, il y avait eu un malentendu et personne ne nous attendait. De plus, tous les bagages s'étaient égarés à l'escale de Francfort et nous nous étions retrouvés sans rien sauf un sac de voyage, dans l'appartement presque vide qui nous avait été réservé, à attendre une longue semaine que le personnel de la compagnie aérienne puisse acheminer jusqu'à nous une demi-douzaine de malles et de valises. L'épuisement du voyage nous avait assommés : d'abord, le train jusqu'à Roissy, l'attente dans l'aérogare, le transit sinistre, puis l'envol très tardif ; en l'air, l'abrutissement par l'alcool pour tenter de passer le temps, la mauvaise nuit de sommeil inconfortable avec l'hypnose continuelle des images, projetées dans le noir, d'une série d'épouvantables films américains grimaçant sans trêve sur tous les écrans de l'appareil ; à l'arrivée, le souci des formalités redoublé par les démarches rendues nécessaires pour signaler la perte de nos bagages, le bus, le taxi nous débarquant enfin au milieu de nulle part. Aussitôt installés dans l'appartement, nous nous étions écroulés sur le lit.

Plusieurs fois par jour, j'appelais à l'aéroport le comptoir de la compagnie (il s'agissait de la Lufthansa) et tombais sur des employés différents avec qui aucune langue (ni l'anglais ni l'allemand et encore moins notre peu de japonais) ne permettait d'apprendre quoi que ce soit sur le sort de nos bagages. Toutes les affaires dont nous n'avions pas eu le courage de nous débarrasser ou même que nous n'avions pas su laisser derrière nous en partant — vêtements, livres, objets — avaient été providentiellement expédiés à l'autre bout du monde par une divinité facétieuse — un renard peut-être, semblable à ceux dont les statues montaient la garde dans les bois tout autour de notre nouvelle maison. Nous n'avions plus rien du tout et c'était bien. Tout tient à l'émerveillement d'être seul, seuls ensemble, partageant le même rêve qui vous accompagne et vous enveloppe de son charme doux et invisible, délivrés du devoir de trouver un sens aux choses, protégés du monde et pouvant pourtant jouir de lui à loisir, sans aucun compte à rendre à quiconque de sa tristesse ou de sa joie.

Un concours de circonstances a fait que tout le temps qu'a duré l'attente de nos bagages, les personnes qui auraient dû prendre soin de nous sur place, sans nous en avoir informés, se sont trouvées absentes et que nous nous sommes vus entièrement livrés à nous-mêmes. La concierge de l'immeuble, contre la signature d'un reçu illisible, nous avait remis les clés de l'appartement, une grosse enveloppe contenant une liasse de billets de banque devant nous permettre de voir venir jusqu'à ce qu'un compte soit ouvert à notre nom dans une banque locale. Elle avait ajouté qu'on prendrait bientôt contact avec nous et qu'il fallait juste attendre. D'ailleurs, il n'y avait rien d'autre à faire qu'à patienter en imaginant nos valises tournant sur le grand manège mécanique aux dimensions du globe où nous les avions vues disparaître au moment de l'enregistrement et où elles étaient susceptibles de reparaître n'importe où, abandonnées dans un coin d'aérogare sur tel ou tel continent avant qu'un employé ne s'avise de vérifier l'étiquette indiquant leur vraie destination et ne prenne la décision de les acheminer à notre nouvelle et provisoire adresse.

Les journées étaient vides. Nous les passions à nous promener dans le printemps sans rien chercher à comprendre aux choses nouvelles de notre vie. La fatigue nous faisait flotter dans le vague, la longue torpeur des lendemains de voyage, pendant que l'organisme surmonte les effets du décalage horaire et apprend à se réinstaller dans le temps nouveau où il doit découvrir comment s'endormir et puis s'éveiller. Cela signifie : l'assoupissement en plein milieu du jour avec la grande barre qui pèse sur le front et qui pousse les paupières vers le bas ; l'esprit clair en plein cœur de la nuit tandis que tout repose et que, du jardin qu'on observe par la fenêtre, viennent les clartés des lucioles et le bruit de monstres minuscules que font les grasses cigales accrochées dans leur herbe... Le corps qui change aussi, incroyablement léger et immensément lourd, mincissant vite, l'appétit coupé par les saveurs nouvelles mais où la sensation de chaque membre, de chaque muscle, de chaque os se détache singulièrement de toutes les autres comme lestée par le poids particulier d'une fatigue impossible à soulever... La perception enfin, altérée comme sous l'effet d'un puissant stupéfiant gommant les reliefs, effaçant les angles du monde, noyant tout dans une sorte de brouillard mais faisant saillir partout d'imprévisibles et d'exaltants phénomènes, détails de couleurs parmi les feuilles ou les fleurs, lueurs de tissus ou de métaux sur l'horizon ou dans le ciel...

Ce devait être le troisième jour après notre arrivée. Comme les précédentes, la nuit avait été sans sommeil. La chaleur de l'été commençait à peser, asphyxiante, sur la ville. Nous n'étions pas parvenus à faire fonctionner de façon satisfaisante la climatisation dont le continuel bruit de soufflerie exaspérait inutilement nos insomnies. Par les grandes baies ouvertes donnant sur le jardin passait parfois un peu d'air tiède. Vers le matin, toute la montagne fixait doucement la lumière et nous regardions le plafond au-dessus du lit capter des reflets et prendre toutes sortes de couleurs mates et puis brillantes. Au-dehors, les premiers bruits de circulation indiquaient que la vie reprenait. À ce moment-là, en général, nous nous endormions pour nous réveiller vers l'heure du déjeuner et céder à nouveau au sommeil en fin d'après-midi. Il devait être cinq ou six heures du soir. J'ai voulu marcher, prendre un peu sur ma peau de la lumière du soleil déclinant avant que ne vienne tout à fait la nuit et, avec elle, l'embarras de devoir faire à nouveau tourner mon corps entre les draps tout en cherchant sans succès le sommeil. J'ai vérifié auprès de la concierge qu'aucun message ne nous était parvenu concernant le devenir de nos bagages et je suis parti me promener au hasard. L'immeuble où nous logions se situait dans un quartier résidentiel assez ex-centré dont le relief à flanc de montagne avait rendu l'urbanisation plutôt problématique. La déclivité du terrain obligeait la rue — au bitume troué par le poids de la pluie — à serpenter en longues courbes où, de part et d'autre, se dis-tribuaient des maisons traditionnelles et des vil-las à l'occidentale, certaines perchées en hauteur, d'autres bâties dans le contrebas d'un repli ro-cheux en forme de fossé, toutes mêlées à une végétation si dense qu'elle obscurcissait la lu-mière encore vive du soir. Je ne voulais pas des-cendre vers la ville que j'aurais pu rejoindre en quelques minutes et j'ai pris vers le sommet de la colline. La pente était très forte et la route tour-nait de façon abrupte derrière la ligne des mai-sons serrées les unes aux autres. Elle conduisait à une impasse au-delà de laquelle commençaient quelques chemins de terre se déployant parmi les arbres.

Levant les yeux, j'ai réalisé que toute la montagne devant moi luisait d'un jaune très pâle montant vers le bleu limpide du ciel où passaient des nuages aux reliefs accrochant les reflets dorés du soir. Comme celui d'un œuf indélicatement crevé dans sa coquille, ce « jaune » coulait sur

toutes les couleurs et les faisait tourner doucement, les absorbant dans la matière uniforme
d'une texture sans épaisseur, les étalant sur la
surface égale et continue du monde. Il y avait
toutes sortes d'autres couleurs. Au premier plan
gonflait le volume vert épais de la forêt où s'en-
fonçaient les chemins. Mais « vert » ne signifiait
rien. Ce vert-là, je ne le connaissais pas. Il ne ressemblait pas à celui dont je me souvenais. C'était
d'un tout autre « vert » que brillaient l'herbe
rare devant le brun du sous-bois et puis au-dessus
tout l'appareil innombrable des feuilles. Toutes
ses nuances diverses m'étaient inconnues et se si-
gnalaient également par leur très légère et insistante étrangeté.

Je me suis arrêté à l'orée du bois. J'ai regardé. La couleur tenait à l'air dans lequel tout
vibrait calmement. C'est pourquoi elle recouvrait tout, paraissant investir chaque objet et
envelopper jusqu'à la forme même du monde à
l'entour. L'endroit où je me tenais donnait sur les
arrière-cours et les jardins des maisons du voisi-
nage. Il y avait des fils tendus où séchait du linge,
des bicyclettes, des poubelles, des casiers contenant d'énormes bouteilles de saké vides attendant
d'être portées à la consigne, toutes sortes d'ob-

jets abandonnés. Dans un coin, une poupée installée devant une dînette entre deux ours en peluche et dont on pouvait imaginer qu'une petite fille, un instant distraite de son jeu, l'avait laissée là peu de temps auparavant. Il n'y avait personne mais on entendait la rumeur vivante venant des maisons et le bruit d'un téléviseur allumé quelque part, parlant dans une langue incompréhensible dont seuls me parvenaient des exclamations, des cris. Le soleil était déjà si bas sur l'horizon qu'il avait plongé derrière la ligne haute des bambous poussant sur la pente de l'autre côté de laquelle il brillait doucement. Cela faisait un halo jaune : un œil doré brûlant sous une paupière mi-close. Ou bien la tête coupée d'un tournesol flottant solitairement dans le ciel.

J'ai compris aussitôt, acceptant l'évidence sans même me demander d'où elle tirait sa force. La couleur qui recouvrait tout était identique à celle de mon rêve d'enfant. J'étais perdu comme autrefois. La moindre contrariété me faisait mieux mesurer à quel point j'étais tout à fait perdu. La perte de nos bagages n'avait strictement aucune importance — ils ne contenaient pas d'objets de valeur et depuis longtemps, de toute façon, nous n'en possédions plus aucun. Rien ne nous restait de ce à quoi nous avions tenu autrefois. Mais cette déconvenue sans conséquence m'avait laissé désolé. Elle me faisait redevenir ce tout petit enfant désarmé dont le rêve l'avait égaré dans un univers inconnu. Silencieusement, cet enfant appelait à l'aide. Et j'étais lui, démuni, impuissant à lui porter secours, misérable. Mais aussi bien lui, jubilant d'une détresse qui l'arrachait à tout et le faisait souverainement seul.

J'ai marché en avant. Le chemin gravissait la montagne. Il passait par un cimetière de pierres. Il fallait franchir le seuil que marquait un portail auquel, vaguement agitées par le vent du couchant, pendaient des stèles de bois aux signes indéchiffrables. J'étais un peu mal à l'aise car j'ignorais tout de l'attitude à adopter et si un tel lieu de recueillement était ouvert aux visiteurs. J'avais peur qu'on me demande la raison de ma présence et de ne pouvoir rien répondre pour me justifier. Toutes les tombes étaient semblables et sur elles se dressaient comme des tiges de marbre ornées de caractères noirs. Il n'y avait aucune fleur nulle part et personne n'était là. Je me suis avancé en me demandant quelle prière serait accordée à un tel désert. Les mots me manquaient. Leur défaut ne m'attristait pas. La lumière jaune du soir me semblait seule secourable. De l'autre côté du cimetière silencieux reprenait la forêt brune, beige et grise. Entre des chapelles ornées de divinités grotesques, une apparence de sentier conduisait plus haut. J'étais libre de m'avancer plus loin, d'entrer dans l'absence d'épaisseur de ce paysage où rien n'avait de sens mais où tout rappelait soudain le pathétique insituable d'une expérience passée.

J'ai fait quelques pas encore et, tout seul, parvenu au sommet, me retournant, j'ai vu s'écarter les pointes des longs bambous dissimulant le panorama. La colline dominait tout Kyôto. La ville s'étendait dans l'or triste et doux du lointain. L'air du soir avec le soleil s'effaçant derrière les nuages donnait au paysage la couleur exacte de mon rêve ancien. J'éprouvais bien davantage que la sensation d'un souvenir devant ce spectacle. Du doigt, je touchais une certitude logée depuis toujours dans mon cerveau et à laquelle pour se manifester il avait fallu un déclic mental dont j'étais incapable de dire l'origine ou la nature. Le « jaune » qui émanait du ciel me signifiait que rien de ce que j'avais sous les yeux n'existait vraiment. Pourtant, cette irréalité même me semblait maintenant le gage de toute vérité, de toute joie.

La ville s'allongeait en contrebas. Rien dans son architecture, la disposition de ses monuments les plus visibles n'était particulièrement remarquable. Depuis le lieu lointain d'où je l'observais, il n'y avait rien d'éblouissant dans sa beauté banale de cité moderne régulièrement disposée de l'autre côté de la rivière et qui manquait de tout pittoresque, de toute couleur locale. Seulement, j'étais sûr d'avoir déjà vu cette ville où, jamais encore, je n'étais venu et à l'intérieur de laquelle devait tourner depuis des années le même petit fantôme d'enfant égaré. Le bord du monde se trouvait là, comme il aurait pu se situer sans doute n'importe où. Il n'y avait pas moyen d'aller plus loin. Au-delà, toute perspective s'abîmait. Je n'avais plus rien à attendre, ni des choses de ma vie, ni des mots à l'aide desquels j'avais pensé pouvoir continuer à donner sens à celles-ci. Le hasard m'avait conduit de l'autre côté de la terre pour m'offrir une révélation inutile venue simplement vérifier la forme de mon savoir le plus ancien. Le soir était bien tombé et le jaune du couchant couvrait maintenant le rouge pâle de nuages saignant partout

109

sous eux leur sang dilué dans le mauve magnifique du ciel. J'étais revenu nulle part.

Je raconte cette anecdote. Je l'invente aussi bien. Je ne cherche pas à lui donner plus d'importance qu'elle n'en a eu. Il s'agissait juste d'une impression de « déjà-vu » : le souvenir faux d'un songe auquel, à des années de distance, l'instant présent vient se confondre. Cela ne signifiait rien. Aucune grande vérité ne se déduisait de cette sensation. Mon désir s'était accompli et mon rêve d'enfant avait fini par prendre la place de ma vie : moi, debout, dans le « jaune » du soleil couchant, contemplant depuis le promontoire d'une colline l'obscurité investissant la ville, absorbant ses reliefs indifférents, effaçant tout, me laissant seul et libre avec la certitude sans attente de ma simple existence, conscient du peu d'importance de tout cela, ne croyant plus qu'il y ait d'intérêt à poursuivre davantage dans une direction plutôt que dans une autre puisque, de toute façon, tout était perdu et que l'horizon pouvait vaciller, se replier sur lui-même, se déployer dans le vide, je me tenais moi-même en équilibre sur la pointe nulle d'un crépuscule sans vrai lendemain. J'ai marché vers la maison — qui n'était pas la mienne. Je suis redescendu par le chemin traversant le cimetière de pierres. Je me suis arrêté sur le seuil du temple, devant une chapelle flanquée de deux divinités identiques dont je ne savais rien. J'ai attendu, profitant de la fraîcheur descendant sur moi. La porte haute qui marquait les limites du sanctuaire découpait comme un cadre creux à travers lequel on pouvait observer la nuit prenant lentement possession du paysage. Personne n'était là devant moi. Il y avait la petite fontaine réservée aux ablutions, un arbre nain qui semblait en fleur — car, pour conjurer le mauvais sort, selon la coutume, on avait noué à ses branches par dizaines des petits papiers blancs — et puis une cloche sur laquelle appuyait un lourd battant de bois. J'aurais voulu d'un signe sanctifiant la signification pour rien de cet instant. En vérité, devant la porte ainsi ouverte sur le noir, me tenant au plus près de nulle part, je voulais appeler. Comme je l'avais vu faire le jour précédent, j'ai fait sonner la grosse cloche rituelle et j'ai entendu l'écho grave du métal dans la montagne endormie. Quelqu'un, quelque part, l'entendait. Tout tremblait calmement, au loin, dans l'univers vaste et vide. Je priais pour personne. La nuit m'enveloppait mais mon corps vivait.

111

Six mois ont passé. Nous sommes rentrés en France avant l'automne. J'avais posé un point final au petit livre dont le projet avait justifié notre séjour. Pourtant, nous aurions pu rester là pour toujours, prétendant apprendre la langue et nous divertissant de quelques activités lucratives comme celles qu'on propose partout aux exilés. En vérité, passant notre temps à ne plus rien faire d'autre que de considérer le jeu régulier des saisons sur la terre : le rouge de l'automne, le blanc de l'hiver, le vert du printemps, le grand bleu de l'été et puis le jaune posé partout du temps sans désir. Quelque chose pourtant nous rappelait. C'était l'illusion sans doute — à laquelle nous n'avions pas su renoncer — d'avoir encore une vie à mener et qui nous attendait. Il nous a fallu plusieurs jours pour faire nos valises, tout trier, ranger et pour éviter la mésaventure connue à l'aller, nous avons fait expédier nos valises en bagages accompagnés par la poste. Nous nous sommes rendus à l'aéroport d'Osaka avec le seul sac de voyage qui nous était resté six mois auparavant. Le terminal où l'embarquement avait été annoncé avait l'apparence d'une formidable demi-sphère de verre et de métal donnant directement sur la mer. Au bout de la piste nous attendait un vieux Boeing 747, de la compagnie All Nippon Airways, récemment décoré de figures empruntées à un dessin animé japonais populaire parmi les enfants. Des monstres souriants aux couleurs vives tatouaient de leurs formes énormes toute la surface du fuselage blanc. Pour revenir du Japon, cet appareil constituait l'équipage rêvé. Du hublot près duquel j'avais été placé, je voyais au bout de l'aile gauche la face dorée d'une petite créature souriante imprimée sur la dérive et qui me clignait gentiment de l'œil. L'avion a décollé, il a pris de l'altitude et nous avons traversé l'écume sale et grise des nuages bas, sous le grand soleil des cimes, nous retrouvant à glisser au-dessus d'un relief immatériel de banquise et de sommets, tout un chaos clair et magnifiquement tuméfié de formes blanches. Tout était splendide. Je ne voulais penser à rien et j'ai fini par m'endormir, d'abord rappelé à moi-même par l'agitation des hôtesses et des passagers, puis sombrant dans le sommeil.

Après l'escale, l'atterrissage en France et le trajet jusqu'à la ville où désormais nous vivions, la fin du voyage a paru interminable : la fatigue accumulée, la saleté soudaine de l'aéroport et de la gare, l'incrédulité habituelle devant l'immobilité du monde. Après le train depuis Paris, puis le taxi, il était très tard lorsque nous sommes arrivés à notre appartement sous les toits. J'ai ouvert la porte. Je ne pouvais pas m'empêcher de me sentir stupidement joyeux à l'idée de rentrer. Je n'arrivais pas à chasser une idée de ma tête. Je pensais que quelqu'un devait nécessairement se trouver de l'autre côté de la porte, nous attendre, nous accueillir, se réjouir de notre retour à la maison. Alors la vie rentrerait dans l'ordre. Mais tout était vide. L'appartement était resté inhabité depuis six mois. Des enveloppes et des papiers en nombre s'étaient entassés dans la boîte aux lettres. Une épaisse couche de poussière s'étalait sur tous les meubles. J'ai rallumé les compteurs, lancé le chauffe-eau, dépouillé un peu du pléthorique courrier. Je me sentais sale de sueur et de crasse et j'ai voulu aller me laver les mains, me passer un peu d'eau sur le visage. Quand je suis entré dans la salle de bains, j'ai tout de suite noté mentalement quelque chose d'inhabituel dans la disposition de la pièce sans pouvoir dire aussitôt de quoi il s'agissait. J'ai réalisé ensuite qu'au-dessus du lavabo, le miroir manquait. Les attaches qui le fixaient au mur, pendant l'été et en notre absence, sans doute sous l'effet de la chaleur ou bien de l'usure du plâtre, avaient cédé sous le poids. La glace s'était brisée : une grande lame triangulaire, comme un couperet lisse posé à l'envers, brillait dans la cuvette du lavabo. Des dizaines de morceaux luisant comme des étoiles s'étaient dispersés sur le sol et, pareils à des coquillages sur le sable d'une plage, ils craquaient sous mes pieds. C'était un signe sans aucun doute. Je me demandais comment l'interpréter : sept grandes années de malheur ?

Je me suis accroupi sur le carrelage pour rassembler les éclats de verre en les recueillant dans le creux de ma main. Lorsque j'ai eu presque fini, dans mon impatience, ma fatigue et mon énervement, j'ai eu un mouvement maladroit et je me suis entaillé le doigt sur le tranchant d'un des morceaux les plus larges. La coupure était très superficielle mais elle saignait abondamment. J'ai placé mon doigt sous l'eau fraîche du robinet et j'ai dû attendre longtemps en observant le sang tournoyer dans le lavabo, sa couleur délayée entraînée dans la spirale incessante du courant. Le froid était si vif qu'il me faisait davantage de mal que la minuscule blessure. Mais chaque fois que je retirais la main de dessous le robinet pour fixer à mon doigt un pansement, le sang se remettait à couler. J'ai pris mon mal en patience. Je me sentais épuisé, vieux, accablé. Je me demandais depuis combien de temps, maintenant, nous étions partis et quelle valeur avait eu tout ce temps. Les vingt-cinq

heures du voyage avaient compté autant que
vingt-cinq années, s'ajoutant ou bien se retran-
chant à mon âge selon les incompréhensibles
paradoxes propres aux changements de fuseaux
horaires. Je me sentais devenu aussi vulnérable
qu'un vieillard ou qu'un enfant. Je me demandais
quelle tête je pouvais bien avoir. Mécaniquement, j'ai levé les yeux, cherchant mon image à
sa place habituelle. Devant moi, il n'y avait rien :
juste, au-dessus du lavabo, le mur nu de la salle
de bains où la lumière avait laissé une empreinte
épousant le contour exact du cadre tombé sur le
sol, semblable à toutes ces traces fantômes qu'on
trouve chaque fois que, dans une pièce, l'on dé-
place un meuble ou un tableau depuis trop longtemps laissé à la même place. L'empreinte faisait
comme une fenêtre ou même une porte étrange
n'ouvrant sur rien et devant laquelle, pourtant,
je me tenais, comme s'il y avait eu un autre côté,
un passage conduisant vers un lieu où peut-être
quelque chose ou quelqu'un m'attendait encore.
Mon reflet avait disparu. Je n'étais plus là. Face à
moi, il n'y avait, sur le blanc du mur, qu'un carré
approximatif dont la couleur ne réfléchissait rien
et à l'intérieur de laquelle toute trace de mon
visage se trouvait perdue, une large et irrégu-
lière tache de « jaune » marquant sur la peinture
la place désormais disparue du miroir.

4

HISTOIRE
DU ROMANCIER
NATSUME SÔSEKI

1

Cependant insiste dans le cœur — le pauvre
cœur des hommes — un désir. Il demande que
ne soit pas tout à fait abandonnée au silence la
longue histoire de la vie. Le roman, qui répond à
ce désir, porte toutes sortes de noms. La langue
japonaise lui en connaît au moins deux. *Monogatari* est le plus ancien, qui signifie « chose racontée ». Avec le plus moderne, roman se dit
shôsetsu. Et des deux caractères chinois qui forment le mot, quand le second désigne la parole,
le premier en indique la petitesse. Je veux dire
l'insignifiance.

Shôsetsu ainsi rappelle — pour moi, du moins
— que le roman est une parole de rien, une parole pour rien, un mot qui sort du cœur des
hommes et qui ne leur offre aucune consolation
durable. Juste le répit d'un soupir. C'est pour-

quoi, peut-être, à l'un de ses derniers livres, Natsume Sôseki donne pour titre ce seul mot, *kokoro*, qui veut dire cœur tout simplement, mais auquel le traducteur français a jugé préférable d'ajouter un peu de pathétique et d'emphase. *Le Pauvre Cœur des hommes*, publié en 1914, est souvent considéré comme le chef-d'œuvre de Sôseki et parfois comme le premier vrai grand roman de la littérature japonaise moderne, son monument majuscule et fondateur.

Je ne sais pas. Aucun roman ne compte ainsi. Un livre n'est jamais un monument et, non, l'on ne fonde rien sur lui. Au moment où paraît *Kokoro*, Sôseki touche au bout de ses jours. Il contemple l'existence avec une infinie mélancolie. Son regard se pose sur les choses, sur les êtres et il fait descendre sur le monde la douceur insignifiante d'une toute petite parole qui prend en elle, pendant qu'il en est encore temps, quelques minces morceaux de récits, histoires ordinaires qui bientôt ne concerneront plus personne et resteront à l'abandon, magnifiquement esseulées, objets singuliers et tout à fait insoucieux de leur sort. Jeune homme, à en devenir fou, Sôseki a voulu savoir ce qu'était un roman. Je crois que plus tard, devenant écrivain, il a renoncé à le comprendre. Un autre de ses livres — plus ancien — s'intitule *Sorekara*. C'est-à-dire « Et puis ». Écrire, il s'agit seulement de savoir ce qui viendra ensuite. Un roman n'est pas davantage : un regard tourné vers l'infini « et puis » de la vie.

2

Le visage de Natsume Sôseki est l'un des plus familiers dans son pays. Depuis vingt ans, il figure sur le billet de mille yens et, dessiné sur les deux faces de son petit rectangle de papier frappé aux armes de la Banque du Japon, reproduit en un nombre impensable d'exemplaires, il circule de main en main, seul visage d'écrivain chargé de les représenter tous parmi les princes, les ministres et toutes les autres têtes officielles de l'Histoire nationale. Mais les vrais écrivains — cette règle ne connaît pas d'exception — ressemblent à tout sauf à des écrivains. On les dirait souvent banquiers, professeurs, médecins. Ou bien hauts fonctionnaires administrant les affaires de l'État dans le confort un peu secret d'un quelconque cabinet. S'il n'y avait eu le minuscule et insigifiant hasard de ce que les autres nomment leur vocation, ils exerceraient tel ou tel métier indifférent qui leur irait aussi bien. Rien de plus risible qu'un écrivain qui ait l'air d'un écrivain et qui pousse le ridicule jusqu'à en être fier. L'habituelle profession de foi névrotique du très mauvais romancier, du trop faible poète confessant qu'il lui fallait absolument écrire, que cela était indispensable à son équilibre, à sa survie... Je m'en tiens à ce principe : ne jamais faire confiance à un écrivain qui aurait été incapable d'être aussi bien chirurgien, magistrat, pilote de ligne ou qui, si les circonstances s'étaient présentées, aurait manqué des moyens de le devenir.

Shakespeare, paraît-il, ressemblait à tous les hommes. Le visage de Sôseki ne diffère pas, j'en suis certain, de celui du vicomte Ito Hirobumi auquel il succéda sur les billets japonais. Il n'y a rien dans son expression qui trahisse un artiste. À son élégance un peu austère, on dirait un gentleman britannique travaillant à la City, ou bien un honorable parlementaire venu de Westminster. Comme un officier à la retraite, l'écrivain porte des moustaches assez excessives et très soignées. Il est naturellement vêtu d'un costume à l'occidentale dont la coupe stricte et intemporelle lui donne aujourd'hui encore presque l'allure d'un contemporain distingué. Son regard ne dit rien. Il considère le monde avec l'apparente indifférence que donnent la bonne éducation et le commerce sans grande importance des affaires humaines.

3

On ne sait jamais bien sous quel nom connaître un romancier. Et plus encore au Japon qu'ailleurs. La règle veut que, pour tous, le nom de famille vienne d'abord. Mais la coutume réserve aux seuls maîtres le privilège d'être appelés par leur simple prénom. Et elle incite tous les écrivains à se choisir un pseudonyme pour mieux marquer sous le signe de quelle identité nouvelle est née leur œuvre.

En Occident, lorsqu'un écrivain prend un nom de plume, le plus souvent il conserve son vrai prénom — celui par lequel on le connaît intimement — et se donne un nom de famille inventé, rejetant celui qu'il partage avec les siens. Sôseki fait l'inverse. Il garde le nom que son père lui a transmis, Natsume, renonce à son prénom, Kinnosuke, et, du moment qu'il devient écrivain, s'en donne un autre de fantaisie. On dit donc Sôseki. Et c'est en somme un prénom de plume dont la légende veut qu'il ait été ironiquement choisi dans un texte chinois car il y désignait une personne excentrique ou obstinée.

Il faut un peu d'extravagance certainement et beaucoup d'entêtement pour suivre la ligne que Sôseki a fixée à sa vie. S'il répond seul à son nom, le romancier a ses raisons. Sôseki est un enfant deux fois abandonné. Il naît le dernier fils d'une famille aisée et vieillissante. L'embarras de cette naissance non désirée conduit ses parents à le confier à un couple, puis à un autre qui l'adopte enfin (lui donnant pour un temps le nom nouveau de Shiobara) mais bientôt le divorce de ses seconds parents oblige l'enfant, alors âgé de neuf ans, à réintégrer le sein de son tout premier foyer. Et c'est seulement l'année de ses vingt et un ans, alors qu'il entre à l'université, que le jeune Kinnosuke se voit officiellement réintégré à la famille Natsume et autorisé à porter de nouveau son tout premier patronyme. Ironiquement, la mort soudaine de ses deux frères, la vie dissipée que mène le troisième ont convaincu son père de transformer l'enfant abandonné en son seul et légitime héritier. L'année suivante (nous sommes en 1889), Sôseki signe ses premiers textes.

4

Qu'y a-t-il dans un nom ? Tous, nous nous le demandons, recopiant dans l'enfance ce nom dont on nous dit qu'il est le nôtre et dont nous cherchons alors à deviner quels présages contiennent la suite sonore de ses syllabes, le dessin des lettres qui le forment. On dit : un nom propre. Et l'on veut signifier ainsi, contre toute vraisemblance quand d'autres l'ont porté ou le porteront après nous, que notre nom n'appartient qu'à nous, et qu'il restera à nous, même quand l'âge aura fait changer jusqu'à la forme de notre corps, de notre visage et qu'enfin tout ayant été rendu au néant restera de nous cette seule inscription sur un registre de l'état civil ou la stèle d'un cimetière : un chiffre laissé pour rien parmi les signes.

Mais Sôseki naît dans un monde où changent tous les noms. Enfant, il doit certainement penser que l'incertitude qui concerne le sien les affecte tous à la fois et touche jusqu'aux mots avec lesquels on désigne les choses. Comme lui, le pays où il vit ne sait plus comment il s'appelle. Sôseki naît en 1867. La ville où il voit le jour se nomme encore Edo. Quelques mois passent et elle devient Tôkyô, la capitale de l'Est dont se dote l'Empire nouveau-né de la révolution Meiji. Ce n'est que le premier indice d'une grande mue qui durera, en somme et pour l'essentiel, moins que le temps dont la génération à laquelle appartient Sôseki aura eu besoin pour parvenir à l'âge adulte.

À quel langage s'en remettre quand l'ancienne alliance des mots et des choses se trouve insidieusement rompue, que tout peut signifier n'importe quoi et que même son nom n'est plus gage de rien ? Au moment exact où grandit Sôseki, les bureaucrates nouveaux de l'Empire décident de réformer le japonais littéraire, de substituer à la langue classique une langue imitée du vulgaire et forgée de toutes pièces, comme un idiome appris dont la facture artificielle s'impose bientôt à tous les récits et les arrache à la grande et ancienne mémoire des histoires d'autrefois : une langue défaite de tous ses archaïsmes pour mieux servir à l'éducation du plus grand nombre et monnayer en son sein les savoirs et les valeurs indispensables à la modernisation du pays. Sôseki est le contemporain d'une grande révolution culturelle dont nous ne savons rien et qui rêve de renommer le monde.

5

Renommer le monde ? Tout est affaire de traduction dans la vie de Sôseki. Il y a le chinois, la
langue classique dans laquelle il s'éduque, apprenant par cœur les milliers de vers qui font la longue littérature du passé. Parmi les grands écrivains japonais, il est l'un des derniers à savoir
écrire directement dans la forme immuable et
héritée de la vieille pensée chinoise où il compo-
sera de la poésie toute sa vie durant. Il y a l'anglais aussi auquel Sôseki répugne tout d'abord
mais dont il pressent sans doute qu'il est la langue
de l'avenir et à laquelle il va se former à l'université de Tôkyô — cette même université où,
une quinzaine d'années plus tard, succédant à
Lafcadio Hearn, il sera le premier professeur
japonais à occuper la chaire de littérature britannique.

Sôseki écrit en chinois (ces poèmes qu'on nomme des *kanshi*), il écrit en anglais (des poèmes encore, dont son professeur d'alors remarque qu'ils ressemblent à du William Blake mais en plus incohérent). Dans la langue de Shakespeare, il traduit Kamo no Chômei dont la méditation mélancolique sur le cours du temps se met à sonner tout comme un monologue tragique murmuré sur une scène et disant l'inconsistance de l'existence humaine, la grande nuit du rêve enveloppant toute vie. Étrangement, le japonais viendra après le chinois, après l'anglais. Longtemps après comme si, pour Sôseki, sa propre langue était en vérité la plus lointaine, la plus étrangère et que, pour envisager enfin de l'écrire, il lui avait fallu en passer par la langue morte d'une civilisation fossile et par l'idiome barbare d'un Empire enfant.

Son premier vrai livre, Sôseki le voit seulement paraître en 1905. Il s'intitule *Wagahai wa neko de aru* (*Je suis un chat*). Sôseki est alors âgé de trente-sept ans. Il lui reste à peine plus d'une décennie à vivre, une décennie au cours de laquelle il publie une dizaine de grands récits qui rencontrent un succès immédiat et avec lesquels, de l'avis unanime des critiques, s'invente le roman japonais moderne. Ce sont des livres très étranges, et que leur légère mais insistante étrangeté défend contre toute velléité de les interpréter, des livres dont personne ne semble trop savoir que dire, et dont la fausse familiarité recèle comme la réserve rêveuse d'un secret.

6

Toute la difficulté consiste à ne pas se méprendre sur le sens de ce secret.

L'univers de Sôseki est strictement contemporain de celui de Proust — ou de James. Et en vérité, il n'en est pas très différent. Dans les romans de Sôseki, on prend le paquebot ou bien le tramway, on lit le journal et on converse au téléphone, on discute art et littérature (D'Annunzio, Turner), il y a des demoiselles à qui l'on enseigne le piano ou le violon. Les histoires sont les mêmes : de jeunes gens s'interrogent sur le sens de leur vie, ils s'arrangent autant que possible de leur famille, ils se demandent comment occuper les journées oisives de leur vie, ils se marient, ils vont au spectacle et fréquentent des salons, il y a des affaires d'héritage, de dette et d'adultère, des drames parfois, et puis le temps passe. Bien sûr, des détails existent qui rappellent parfois au lecteur que tout ce petit monde vit de l'autre côté de la planète : il arrive que des femmes portent des kimonos, que le bruit de bois des *geta* résonne dans une ruelle et que, pour revenir du théâtre, on emprunte un pousse-pousse plutôt qu'une calèche. Et si l'on boit du thé anglais au lieu de thé vert, si on lit des journaux européens et fait venir ses vêtements de Paris, c'est par un snobisme bien compréhensible. Au fond, et comme dans les grands romans russes à l'intérieur desquels on se perd pareillement, seuls les prénoms changent mais Sôseki est bien placé pour savoir qu'ils ne signifient rien.

La vie que décrit Sôseki nous est moins étrangère que celle que peindront plus tard Kawabata, Mishima ou même Tanizaki. Sans doute parce que la page de l'Histoire nationale n'a pas encore tout à fait tourné pour lui et que les formes mortes du Japon d'autrefois n'ont pas acquis à ses yeux la vertu légendaire que leur accorderont des écrivains plus tardifs. Il n'y a pas de nostalgie chez Sôseki, juste une sorte d'effarement devant le mouvement s'accélérant du temps, ce mouvement qui rend également vaines les valeurs d'hier et celles de demain et laisse absolument solitaire, sans secours ni recours, la conscience inquiète des vivants.

À cela — et à rien d'autre — tient le secret de Sôseki.

7

Ce secret ne dépend nullement d'un mystère qui, comme on préfère parfois le penser, serait celui de l'âme japonaise. Car un tel mystère n'existe pas. Ou alors à la façon d'une fiction que les idéologues d'Orient et d'Occident ont forgée pour accréditer la très douteuse fantaisie d'un fossé séparant sans retour les peuples et les individus. Il y a bien un grand vide à l'intérieur duquel toute pensée se trouve plongée et dont cherchent à répondre les religions, les philosophies et toutes les autres élucubrations systématiques auxquelles pourvoit la civilisation. Mais ce vide est le même pour tous les hommes quel que soit le fatras variable de croyances dont ils croient le combler afin de rendre son assise au monde.

Leur angoisse, leur ennui, il arrive certes aux personnages de Sôseki de leur attribuer une signification politique, de mettre en cause la grande révolution pacifique que le Japon est alors en train de vivre et le déchirement qu'elle fait naître dans la conscience nationale. Ils se lancent alors dans des discours un peu pédantesques où rien, bien sûr, n'interdit de s'imaginer retrouvant la philosophie de leur auteur. Mais on n'est jamais bien certain que les personnages que fait parler l'écrivain ne s'expriment pas plutôt par plaisanterie et afin de distraire par un bavardage un peu convenu le vertige vrai de leur inquiétude.

Il y a une étrangeté plus profonde du monde et que laissent inchangée jusqu'aux plus spectaculaires séismes de l'Histoire. Elle touche à la susbstance même de vivre et affecte le grand paysage flottant des phénomènes. « Tout bouge » est le dernier mot d'un des héros de Sôseki. Calmement, la réalité se met à trembler et elle laisse le regard simplement stupéfait devant ce mouvement très lent et presque imperceptible par lequel se défont doucement les formes de la vie. Le monde reste en place mais son immobilité frénétique lui donne l'apparence d'un grand néant tranquille auquel il est impossible de croire vraiment, sable glissant dans le grand sablier invisible du temps et dont rien ne reste entre les mains sinon le sentiment sidéré qu'il suscite. Il n'y a pas à chercher ailleurs. Le secret de Sôseki tient à cette seule stupéfaction. Elle est la nôtre aussi.

8

Le vieux xxᵉ siècle s'en va.

Les hommes et les femmes du temps de Sôseki l'auront vu naître, parvenus au milieu du chemin de leur vie (trente-cinq ans, comme le voulait un poète italien) quand le calendrier faisait sa culbute. Et ce sont les gens de mon âge, arrivés cent ans plus tard en ce même point de leur temps, qui le verront disparaître tout à fait.

Le Japon s'ouvre quand Sôseki arrive à l'âge d'homme. Le passé — même le plus immédiat — n'existe déjà plus qu'à la façon d'une légende invérifiable racontant les grands bateaux noirs de la flotte américaine forçant l'entrée de la baie d'Edo, les premiers comptoirs et les nouveaux missionnaires, la guerre civile remportée en quelques batailles, la grande vague de révolte agitant les campagnes, l'effondrement du long gouvernement Tokugawa et la restauration de l'Empire. De tout cela, qui s'achève l'année de sa naissance, Sôseki n'aura donc rien connu. Son enfance assiste encore au démantèlement de l'ordre ancien : la fin des vieux privilèges et le commencement des inégalités nouvelles, le régime féodal et guerrier rayé d'un trait de plume (ou de pinceau), la réforme administrative et foncière, les fiefs transformés en préfectures, la constitution politique, l'édification des manufactures, les soulèvements un peu partout, la répression policière.

Portés au pouvoir pour expulser les barbares, les hommes forts du nouveau Japon révisent avec réalisme leur projet et mettent le pays tout entier à l'école de l'Occident. Techniciens, juristes, savants, ingénieurs établissent le programme d'équipement et de transformation qui assurera les conditions du développement pour la nation japonaise et garantira celles de son indépendance quand, partout ailleurs, l'Asie se trouve soumise à la loi coloniale. L'industrie lourde, les aciéries et les premières liaisons ferroviaires, la modernisation de l'armée impériale font du Japon — en l'espace de ces quelques années où grandit Sôseki — une puissance internationale.

9

Sôseki, lui, enseigne l'anglais aux enfants : la syntaxe, la grammaire, la table des verbes irréguliers. Il lit pour lui Whitman, Shelley, Wordsworth et leur consacre parfois un article savant. C'est sa contribution à l'effort national. Il n'y a rien d'ironique dans une telle remarque. Lettrés et linguistes sont mobilisés au même titre que tous les autres pour servir la grande cause de la modernisation. On attend d'eux qu'ils éclairent le mystère qui a permis à l'Occident de dominer le monde, qu'ils donnent aux Japonais les moyens de le comprendre, qu'ils trouvent ce trait nécessairement commun au poète, à l'ingénieur, au soldat et qui explique que l'Angleterre de Kipling et de Victoria puisse battre pavillon jusque sur les côtes de la mer de Chine et de l'océan Pacifique.

Sôseki est le second diplômé du tout jeune département d'anglais de l'Université impériale de Tôkyô, un étudiant brillant qui fait vite autorité parmi les maîtres et dont les études sur la poésie romantique lui ouvrent toutes grandes les portes de la carrière professorale. On place en lui de légitimes espoirs et Sôseki lui-même rêve d'étonner l'Europe en produisant, dans la langue de Shakespeare, une œuvre littéraire qui dépasse par sa qualité toutes les autres. Et puis quelque chose se passe dont personne ne peut dire la vraie nature et que les biographes mettent sur le compte de la fatigue, du chagrin, de la maladie, d'une déception sentimentale. Sôseki va jusqu'à entreprendre une retraite dans un monastère zen, en quête d'une illumination qu'il ne trouve pas et qui, cependant, lui enseigne l'inutilité de tout désir et la voie sainte du renoncement.

Du jour au lendemain, Sôseki quitte la capitale et accepte la première proposition d'emploi qui lui est faite. Il tourne le dos à son avenir, humilie toutes ses ambitions intellectuelles et sociales et entreprend très sérieusement de disparaître dans le confort le plus médiocre dont une intelligence comme la sienne puisse rêver. Il se retrouve à enseigner dans un collège de Matsuyama, dans la plus lointaine des provinces imaginables, sur l'île de Shikoku. Autant dire : nulle part.

10

Qu'est-ce qu'un professeur ? Quelqu'un qui doit parler pendant une heure, explique quelque part un poète américain. Et tout se déduit de cette simple définition. Sôseki enseigne malgré lui : il est cet homme, debout devant la grande solitude maussade de l'estrade et du tableau noir, qui parle tout seul. La cloche sonne. Jour après jour, heure après heure et d'année en année, il fait face à des écoliers qui le regardent fixement et qui, dans le silence approximatif de la classe, font vaguement semblant de l'écouter parfois. Il est cet homme qu'on paye pour ses mots et dont la parole s'épaissit jusqu'à prendre la forme immatérielle d'un objet absurde et embarrassant, concrétion de phrases cent fois répétées et qui retiennent en elles l'empreinte fossile d'un savoir sans emploi. Sôseki dicte des listes de vocabulaire, des exercices de grammaire, demande à ce que le manuel de langue et de littérature soit ouvert par tous à telle ou telle page, puis il fait la lecture à voix haute, surveillant sa prononciation par respect pour le sonnet de Shakespeare, la ballade de Byron dont il fait résonner les syllabes inintelligibles dans le décor exotique d'un lycée de province. Et pendant que sa parole suit mécaniquement son chemin appris, sa pensée glisse ailleurs, s'accroche aux moindres dessins du monde, aux lattes rectangulaires et patinées du plancher, à l'arc que fait le mur rencontrant le plafond, aux formes passantes des nuages par le cadre de la fenêtre ouverte sur le méridional ciel bleu. Il y a un autre professeur d'anglais qui lui ressemble et qui, quelques années plus tôt, à Paris, s'appelait Stéphane Mallarmé.

Il n'existe aucune raison de penser que Sôseki ait été un mauvais professeur. Tout au contraire. Simplement, il enseigne sans croire du tout à ce qu'il fait, aux vertus de l'éducation, aux mérites de la pédagogie et à toutes ces autres bêtises. Un grand vide l'habite auquel d'ailleurs il ne prête aucune signification. Évoquant l'époque où il devint professeur, Sôseki a cette formule étrange. Il dit : « Je ne désirais ni enseigner ni ne pas enseigner. » Ce sont à peu près les mêmes mots qu'il prête au héros de son roman le plus populaire, le jeune et naïf Botchan, acceptant une proposition d'emploi comparable à celle qui conduisit Sôseki à Matsuyama et déclarant que, comme il n'éprouvait aucun désir de devenir qui que ce soit dans la vie, il pouvait tout aussi bien faire n'importe quoi n'importe où.

11

La vie continue. C'est ce que l'on dit d'ordinaire quand de telles situations s'éternisent et que le sentiment même d'être insatisfait de soi, dans l'attente d'autre chose que l'on ne sait pas nommer, finit par s'effacer et qu'on préfère ne plus avouer même à soi-même l'espèce de dégoût sans fond qui vient avec l'âge et la répétition des années. Au reste, Sôseki est encore assez jeune (il a tout juste trente-trois ans) pour se figurer que tout est pour lui encore sur le point de commencer : il obtient un nouveau poste au lycée de Kunamoto, se met à considérer ses chances d'obtenir un meilleur emploi à Tôkyô (se rapprocher de la capitale, y terminer sa carrière : quel que soit le pays, la grande affaire de tous les enseignants !) ; il y a ses poèmes chinois, ses haïkus, ses minuscules essais qu'il fait paraître dans des revues lues par quelques dizaines de poètes, mais qui doivent lui donner, comme à tout écrivain débutant, le sentiment de s'être déjà fait un nom et une réputation dans le monde des lettres. Et puis la vie : la mort de son père, le mariage, l'installation dans la vie conjugale, le souci du ménage, les emprunts et les traites, les enfants qui vont naître.

En mai 1900, Sôseki apprend du ministère de l'Éducation nationale qu'il compte au nombre des tout premiers diplômés japonais choisis pour partir en mission d'étude en Occident : et dans son cas, séjourner en Grande-Bretagne afin d'y perfectionner sa connaissance de la langue et de la littérature anglaises. Il a quelques semaines pour faire ses valises et mettre en ordre ses affaires en prévision de sa longue absence. La bourse qu'on lui offre est presque dérisoire, il lui faut quitter sa maison, laisser son épouse (qui vient juste de donner naissance à leur premier enfant et se trouve à nouveau enceinte), les conditions de sa mission lui semblent obscures, absurdes. Pour le principe, Sôseki aimerait au moins pouvoir discuter l'ordre qu'il reçoit, obtenir des éclaircissements, des garanties. Il ne semble avoir éprouvé aucune exaltation, aucun enthousiasme à la perspective de ce voyage.

Sôseki n'a rien d'un aventurier. Sans doute pré-
férerait-il ne pas avoir à partir. Mais, au fond de
lui-même, il sait bien qu'il ne désire pas davantage rester où que ce soit.

12

Le 8 septembre 1900, le paquebot allemand
Preussen lève l'ancre, quittant le port de Yokohama avec à son bord, parmi les centaines de passagers qu'il transporte, Sôseki et deux autres
jeunes Japonais envoyés comme lui en mission
vers la lointaine Europe. La traversée durera
presque deux mois. La grande structure métal-
lique du navire avance à toute vapeur mais on la
dirait immobile, suspendue entre la mer et le
ciel, dans un calme sans tempête où rien ne se
passe sinon la succession indifférente des jours
creux et des nuits vides. Sôseki dépense son
temps à faire de la chaise longue sur le pont du
bateau. Dans le journal qu'il rédige en anglais, il
dit le monde morne qui l'entoure et l'accable, la
splendeur pour rien du néant où tout roule doucement à ses côtés, le ciel de plomb et le noir
d'encre de l'océan. Le mot précis qu'emploie

Sôseki est *dullness* pour lequel la langue française n'a pas d'équivalent car il signifie à la fois l'ennui, l'absence d'éclat, le caractère assourdi et triste de toute sensation : « *The leaden sky overhead seems as devoid of life as the dark expanse of waters around, blending their dullness together beyond the distant horizon as if in sympathetic stolidity.* » Et Sôseki continue : « *While I gaze at them, I gradually lose myself in the lifeless tranquility which surrounds me and seem to grow out of myself on the wings of contemplation to be conveyed to a realm of vision.* » Ou plus loin encore : « *Neither heaven nor hell, nor that intermediate stage of human existence which is called by the name of this world, but of vacancy, of nothingness where infinity and eternity seem to swallow one in the oneness of existence, and defies in its vastness any attempts of description.* » Il va de soi que lorsqu'on est capable d'écrire ainsi l'anglais, on peut se dispenser de la corvée de n'importe quel stage linguistique. Les escales se succèdent et elles tracent comme un trait infiniment lent sur la surface immatérielle du planisphère : Kôbe, Nagasaki et puis Shanghai et Hong Kong, Colombo et Aden, la terre touchée juste le temps de vérifier que le monde est toujours là et qu'il ressemble partout à lui-même, ports identiques où le navire mouille le temps de refaire ses provisions de vivres et de combustibles tandis que les passagers vont faire quelques pas parmi les prostituées et les marins dans l'espoir de se délivrer de l'incessante sensation de roulis, de tangage qui les écœure et qui les berce depuis des jours.

13

Ils se nomment Paul Claudel, Victor Segalen, Lu Xun ou Sôseki et, en ces premières années du vieux XXᵉ siècle, ces hommes qui ont quitté le pays de leur naissance, parce qu'un chagrin ou un désir les pousse en avant, accomplissent tous, et sans le savoir vraiment, la grande et héroïque aventure qui a fait la terre une et qui a rapproché tous les continents de la pensée. Le temps des explorateurs est terminé. Avant celui des touristes, commence alors le temps des voyageurs : ambassadeurs, fonctionnaires, médecins, professeurs qu'une vague obligation appelle de l'autre côté de la planète afin d'y exercer leurs talents, d'y accomplir leur devoir et de vérifier enfin que là-bas rien n'est en somme et fondamentalement différent de ce que l'on connaît sous leurs climats.

Pour la première fois, l'autre bout de la terre n'est plus une chimère, juste une destination encore un peu lointaine. Sur le pont du paquebot, le soleil pèse. L'expérience n'a rien de poétique : la brutale agitation des tempêtes, la nourriture mauvaise et inconnue servie comme par la moins appétissante des cantines, les cabines trop étroites où l'on suffoque et transpire, le mal de mer, les vomissements et les diarrhées, l'insupportable ennui qui défigure même le paysage magnifique que le jour et la nuit font varier sur l'horizon, la promiscuité toujours stupide. Un tout petit monde flotte sur l'océan, société minuscule et tyrannique à laquelle il est impossible de fausser longtemps compagnie.

Tout au long de la traversée, Sôseki est la proie d'une dame patronnesse anglaise, bien décidée à sauver son âme et à le convertir à la seule vraie foi du christianisme. Avec la politesse dont il ne se départit jamais, Sôseki relate l'histoire dans son journal : heureux tout d'abord de tromper son désœuvrement et de pratiquer son anglais puis de plus en plus médusé face à l'insistance naïve et arrogante de son interlocutrice. Que dire à une femme convaincue que d'elle dépend votre salut et qui profite de son avantage linguistique pour vous étourdir par un bavardage toujours plus inepte et satisfait ? J'imagine Sôseki subissant stoïquement les sermons, recevant la tête basse et comme un tout petit enfant la leçon, devant supporter l'affection condescendante dont on le poursuit pour son bien. Au cours de sa croisière, c'est la seule et très chaste aventure sentimentale que Sôseki rapporte.

14

Londres est la ville de l'exil, la cité où étrangement échouent, un temps ou pour toujours, venues de tous les coins d'Europe et parfois d'un peu plus loin, toutes sortes d'aventures singulières auxquelles le monde n'a pas fait de place et qui peut-être n'auraient pu avoir lieu nulle part ailleurs. Il y a Paris, bien sûr. Mais désarrimée du continent, sourde à ses querelles, totalement indifférente à ses révolutions et à l'abri de ses guerres, tournée vers l'immense marché de terres nouvelles à conquérir, à exploiter, Londres est là, où passeront Rimbaud et Céline, où finiront Marx et Freud : derrière l'intimidante façade d'une des plus puissantes monarchies du Vieux Monde, aux rives sales de la Tamise, étendue dans la crasse et la houille, sous la fumée basse, dans le brouillard qui roule et qui rampe, la capitale anglaise est comme un gigantesque entrepôt où s'accumulent les pensées et les biens en attente d'être reversés au sein du grand jeu naissant et déjà tout-puissant de la marchandise planétaire.

Sôseki arrive à Londres le 28 octobre 1900. Il y passera presque deux années. Il songe un temps à s'installer à Cambridge. Il voyagera plus tard vers l'Écosse. De ses excursions vers le nord, malheureusement, les passages traduits de son journal ne nous disent rien. Je me le représente dans le décor aujourd'hui inchangé des vieux collèges : les pelouses interdites et les grands parterres magnifiquement fleuris de Trinity ou de Saint John's, l'odeur jaune fade de l'herbe coupée et l'humide horizon de la campagne verte, la rivière parcourue de barques avec, sur ses bords, la seule compagnie des canards et des cygnes, les professeurs et les étudiants dans leur toge noire et tout le bruit de bourdonnement vain que fait l'érudition dans les amphithéâtres. Je vois Sôseki aussi descendant du train à Waverley Station un jour d'automne, se promenant sur la perspective prestigieuse de Prince's Street puis levant les yeux vers l'ancienne cité, le château campé sur son sommet auquel conduisent des escaliers, des rues aussi abruptes et sombres que des sentiers de montagne dans la forêt, marchant vers le Royal

Mile et la Canongate où s'accrochent pour lui des souvenirs de Robert Burns et de Walter Scott, voyageant peut-être plus loin vers le nord, Saint Andrews, Dundee, Inverness, le train traversant (le pont existait-il déjà ?) le Firth of Forth, structure d'allumettes métalliques jetée merveilleusement sur le vide de la mer.

15

Sôseki est un précurseur.

Tous les autres touristes japonais viendront après lui refaire en masse le même parcours sage et docile parmi les monuments, les magasins et les ruines, suivant très consciencieusement ce sentier de splendeurs convenues qui conduit de l'une à l'autre des grandes cités d'Europe et que l'écrivain est certainement l'un des tout premiers à baliser à l'intention des futures agences de voyages et autres *tour operators* de son pays.

Sur le chemin qui le mène à Londres, Sôseki s'arrête à Naples dont il visite les cathédrales et les musées. Le train l'emmène de Gênes à Paris où il passe une semaine tandis que la grande Exposition universelle bat son plein. Il désespère de pouvoir en épuiser le spectacle mais monte quand même sur la tour Eiffel, renonce à explorer tout entier le Louvre tant le décourage le nombre des chefs-d'œuvre, va raisonnablement traîner du côté des Boulevards, passe ses soirées au music-hall et au cabaret, tout à fait étourdi par l'atmosphère de fête qui l'entoure. On peut s'amuser à rêver ce que serait devenu le roman japonais né sous le bonheur de l'exil et si, désobéissant à son gouvernement, fuyant sans remords sa vie, Sôseki avait posé ses valises en Italie ou en France plutôt que d'accomplir sa mission morose sous le ciel de Londres.

Parvenu en Angleterre après une très pénible traversée d'un Channel aux eaux secouées par les vents, Sôseki ne s'accorde aucun répit. Il marche au hasard dans des rues où il se perd parmi le tumulte des passants et l'agitation des boutiques puis, en quelques jours, il visite tous les sites touristiques de la capitale et de ses environs : Westminster, Hyde Park, le British Museum et la National Gallery, la cathédrale Saint-Paul et le quartier de Hampstead Heath. Il attendra quelques mois pour faire le voyage jusqu'à Stratford-on-Avon et rendre hommage à celui en l'œuvre duquel se résume sans doute à ses yeux toute la littérature : William Shakespeare.

16

Tous les poètes l'ont dit avec Shelley : Londres est une cité qui ressemble beaucoup à l'enfer. Ou bien c'est l'inverse : *Hell is a city much like London.*

La toute première excursion de Sôseki (le surlendemain de son arrivée) est pour la London Tower. L'écrivain raconte sa visite dans un petit récit qui paraîtra cinq ans plus tard au Japon et avec lequel on peut considérer que commence véritablement son œuvre littéraire. Abasourdi encore par l'immense fatigue du voyage, hébété de trop d'impressions nouvelles, Sôseki est plongé dans le plus profond sommeil qui soit. Il vit, somnambule, dans un rêve éveillé et ce rêve prend la forme de vagues et terrifiantes lectures. Mais Sôseki a une expression plus juste et plus étrange (plus juste parce que plus étrange) pour décrire son impression la plus vraie. La Tour de

Londres, écrit-il, s'identifie « à la partie centrale d'un rêve que j'aurais fait dans une existence antérieure ». Disons : l'ombilic d'un songe plus ancien que la vie, où semblent s'amasser toutes les réserves d'angoisse d'un secret sans fond et que Sôseki reconnaît vaguement pour l'avoir déjà rêvé autrefois.

Ainsi, dès son arrivée à Londres, Sôseki éprouve la certitude que l'entoure un cauchemar dont le cercle le plus intérieur ressemble à l'enfer : un monument sans beauté dressé comme un gibet de pierre sur la rive d'un fleuve noir, lieu de tortures sans nom, d'exécutions et d'épouvantes, dont toute la légende vient de la somme de souffrances que les siècles y ont déposée. Sôseki le sait : il est passé de l'autre côté des choses, parmi les fantômes et les ombres, à l'intérieur de ce qu'il nomme lui-même un « théâtre imaginaire » et où résonnent des voix sans nombre ni substance qui citent Dante ou bien Shakespeare. Au plus profond du plus profond des cachots — celui de la tour Beauchamp — figurent les neuf cent onze inscriptions que les prisonniers ont gravées dans le noir : sur les murs comme une marque laissée d'eux-mêmes et de leur existence pourtant déjà rendue à la nuit et au néant. Avec humour, Sôseki qualifie les graffitis d'« antiphrases » car ces traces, dit-il, témoignent exclusivement du rien qui les engloutit quand elles prétendaient justement lui survivre. Il y a là une leçon railleuse et cruelle, et c'est la seule que la littérature et la vie puissent, au fond, dispenser.

17

L'Angleterre rend fou. C'est un phénomène avéré aujourd'hui autant qu'au temps de Sôseki. Il touche tous ceux qui voient de Londres le vrai visage : ni les façades de Buckingham Palace ni les magasins de Bond Street et pas davantage le ghetto diplomatique doré de Kensington ou celui que fréquentent les professeurs de Bloomsbury mais, loin du folklore pop et *posh* de la cité, la grande misère urbaine d'une métropole à l'abandon et où prolifèrent, sur les marges, toutes les traces d'une gangrène tendre empuantissant la vie des plus faibles et des plus démunis. Oui, un taudis grossissant derrière un décor et à l'intérieur duquel tout étranger qui s'attarde un peu connaît le même écœurement triste, la même exaspération inutile et solitaire à habiter un univers si peu fait pour les vivants.

Pendant près de deux ans, Sôseki est tout à fait seul, sans secours à attendre de personne. Bien sûr, il y a la petite colonie diplomatique japonaise à laquelle il doit des comptes puisqu'il reçoit d'elle ses maigres moyens de subsistance. Mais Sôseki cesse bien vite de la fréquenter. Partout, les expatriés : fonctionnaires amers et fatigués, partagés entre la haine du pays qui les accueille et la haine de celui qu'ils ont quitté, toujours en représentation mais pour personne, la médiocrité ajoutée à l'arrogance, l'avidité à défaut d'ambition, le sentiment pathétique de n'être plus nulle part chez soi et d'avoir tout raté.

Dans la foule, Sôseki est un homme qui ne ressemble à personne. Qu'il soit japonais est proprement inimaginable. Presque toujours on le prend pour un lourd Chinois — ce qui l'exaspère. Les vitrines des magasins devant lesquelles il passe lui renvoient l'image d'un homme trop petit et malingre, à l'air emprunté dans son costume occidental, si différent de tous les autres, forcément laid et risible. Sôseki dit de lui-même qu'il compte en Angleterre au nombre des « péquenots », des « rustres » et des « nabots ». Il raconte : « Les deux années que j'ai vécues à Londres furent les pires de mon existence. Tel un chien pelé au milieu d'une bande de loups, je me suis retrouvé parmi les gentilshommes anglais, à vivre une vie misérable... J'étais une goutte d'encre souillant une chemise immaculée et j'ai rôdé autour de Westminster comme un mendiant... »

18

Il faut concevoir la solitude de Sôseki et comment elle conduit à la folie, cette folie banale qui déforme tous les faits de la vie pour leur donner l'apparence de signes minuscules, grimaçants et grotesques, tous conspirant à la perte risible d'un être. À Londres, Sôseki n'est plus rien, rien sinon la honte d'être devenu cette chose vulnérable et empruntée qu'un ordre absurde a assignée à sa place pathétique dans la grande mécanique noire et dorée d'une cité hostile. Il l'écrit : une grossière et insignifiante tache d'encre tombée sur le vêtement splendide du monde. Sôseki n'a pourtant à subir aucune forme d'ostracisme, de violence au cours de son séjour londonien, mais tout lui rappelle que, dans un tel monde, il n'existe pas : entré sans retour dans cet univers sombre aux confins duquel il a vu se tenir la Tour de Londres comme dans un rêve, il est devenu un vivant parmi les ombres, une ombre parmi les vivants.

Pour se divertir de son délire, Sôseki s'astreint tout d'abord à la discipline qu'exige de lui sa mission. Il met ses affaires en ordre, ouvre un compte bancaire, emménage dans une petite pension de famille située à Priory Road, se rend à l'université où il fréquente un temps les cours des professeurs Foster et Ker puis s'adresse à un autre enseignant, un nommé Craig, se disant spécialiste de l'œuvre de Shakespeare, qui accepte de devenir le tuteur personnel du jeune Japonais et va lui extorquer des sommes régulières contre d'assez creuses et indifférentes leçons de littérature anglaise.

Sôseki nomme neurasthénie l'état mental dans lequel il s'enfonce. Un médecin d'aujourd'hui parlerait de dépression nerveuse et identifierait chez son patient d'évidents symptômes paranoïaques. C'est une vraie maladie aussi clairement constituée que la description qu'en donnent tous les manuels de psychologie : le sujet se retire en lui-même, fuit tout contact avec autrui, se convainc petit à petit que le monde entier, dans son dos, se rit de lui et complote contre sa vie. La chose est drôle aussi et, avec sa lucidité coutumière, Sôseki ne manque pas de le noter. Son médecin anglais lui prescrit, à titre de remède, l'apprentissage et la pratique de la bicyclette et, dans les rues de Londres, Sôseki, figure cocasse, s'essaye maladroitement au vélo, renversant sur son chemin passants et landaus.

19

La douce et drôle folie de Sôseki vaut celles de Hölderlin, d'Artaud ou bien de Nietzsche. Je veux dire qu'elle se trouve dotée de la même valeur expérimentale et, si elle lui épargne l'épreuve de l'enfermement et le naufrage sans retour de la raison, elle ouvre pour lui sur la même profondeur de pensée.

À Londres, l'aile de l'idiotie touche la tête de Sôseki. La solitude n'explique pas à elle seule la stupidité à laquelle il s'abandonne. Comme toutes les folies vraies, celle de Sôseki dépend d'une impuissance soudaine de la raison à prendre la mesure du monde. Son intelligence, Sôseki la découvre dépourvue de toute valeur opératoire devant un problème qu'elle peut retourner en tous sens, reprendre sans cesse et qu'elle échoue cependant à résoudre tout à fait : une aporie qui obsède l'esprit, l'exaspère, l'épuise et le laisse sans vigueur ni volonté. Sôseki s'égare et sa détresse le conduit immobile au centre strict d'un grand vide où ni l'espace ni le temps n'ont plus de forme et où les deux moitiés du monde se font face sans qu'il existe aucune figure mentale capable de les réunir.

La folie de Sôseki se déduit d'une incapacité de la logique à appréhender l'universel autrement que sur le mode d'une extase panique qui rend tout à la légèreté du néant. Entre Orient et Occident, entre avenir et passé existe une faille où Sôseki s'éveille et dont il est le premier à comprendre qu'elle constitue, en vérité, lui refusant toute assise, le lieu obligé de toute pensée. Il écrit : « Les arts, la littérature, la morale, l'industrie et le commerce sont tous des mélanges de l'Est et de l'Ouest. Les textes japonais se lisent de haut en bas en commençant par la droite, on lit les livres occidentaux de gauche à droite, horizontalement. L'harmonie est impossible. Les Chinois font du règne des empereurs Yao et Shun l'époque idéale, les Occidentaux attendent l'âge d'or de l'avenir, car ils ont foi dans le progrès. Vers quelle époque les Japonais vont-ils donc orienter leur idéal ? » Parce qu'il est un Japonais, et un Japonais exilé, Sôseki peut le premier comprendre le mot de Hamlet et comment, en ce tout début du vieux XXe siècle, le temps se trouve tout entier sorti de ses gonds.

20

Il y a une expérience de Sôseki et elle mériterait d'être aussi connue que celle, légendaire, de
Descartes à laquelle elle ressemble tant car, avec
elle et à partir de rien, tout recommence bien.

Sôseki a une idée fixe qui en vaut une autre : il
veut savoir ce qu'est la littérature, pouvoir toucher enfin du doigt son essence et saisir ainsi ce
quelque chose par quoi, malgré tout, un nô de
Zeami se rapporte à une comédie de Shakespeare
et un haïku de Bashô à un roman de Dickens.
Mais plus Sôseki lit, moins il a le sentiment de
comprendre vraiment. Frénétiquement, il accu-
mule dans sa chambre les ouvrages, les déchiffre
avec méthode, les annote. En l'espace de quelques mois, il n'est pas excessif de dire qu'il a tout
lu de la littérature anglaise, depuis les Anciens
jusqu'aux Modernes.

Sôseki acquiert ainsi une formidable érudition dont il éprouve aussitôt la totale inutilité. Car chaque lecture nouvelle n'ajoute rien aux précédentes et n'entame pas l'impression d'étrangeté sans appel qui affecte désormais toute chose. Il est comme un savant en quête de l'équation unique qui rendrait compte de tous les phénomènes et s'appliquerait également aux littératures d'Orient et d'Occident. Mais la formule le fuit. Toute hypothèse nouvelle invalide d'elle-même l'équilibre du système en cours de construction et le fait s'effondrer comme un château de cartes. D'ailleurs, il ne s'agit pas seulement de littérature mais d'une sorte de sentiment d'irréalité, dont témoigne sans doute exemplairement la littérature, mais qui touche à la trame même du monde, en révèle la légère et sidérante insignifiance, jusqu'à faire s'étendre sur elle le soupçon d'un doute concernant la simple possibilité de son existence.

Alors, Sôseki décide de tout reprendre à partir de rien. Il se retire dans sa chambre, fait table rase de toutes ses lectures et entreprend de considérer de la façon la plus abstraite, la plus générale, la plus impersonnelle et comme un problème de logique pure l'aporie qui le tourmente.

C'est son discours de la méthode qu'il médite et intitulera *Théorie de la littérature* : élucubration systématique et sombre, née dans la folie, la détresse, mais dont l'échec marque le moment même — ne cherchez pas ailleurs — où naît la littérature moderne.

21

Pour la première fois, un écrivain d'Asie retourne à l'Europe son regard et fait l'épreuve de ce temps tout désorienté dans lequel le monde moderne est, avec lui, sur le point d'entrer. Telle est l'expérience de Sôseki, aventure immobile et égarée de la raison s'exaspérant dans son désir de comprendre jusqu'à toucher enfin à l'impossible de la vérité. Alors s'efface tout espoir de savoir positif mais son échec même rend la pensée au grand jeu libre et léger de la vie.

Sôseki rentre chez lui avec la certitude de n'avoir rien compris. Plus encore : d'avoir éprouvé jusqu'au vertige l'incapacité de son esprit à comprendre l'énigme insoluble du monde. Il tient pourtant son système (*Théorie de la littérature* paraîtra en 1907) mais il le sait tout entier fondé sur la folie et se persuade que l'apparence triomphante de la vérité la plus objective a nécessairement son envers de mélancolie panique, de désolante incertitude, de déroute intime. À quoi sert de savoir ? Une fois trouvé le mot de l'énigme, la charade des choses reste identique à elle-même. La science n'est d'aucun secours. Il faut faire toucher à sa pensée le fond et puis passer à autre chose.

Sôseki quitte Londres le 5 décembre 1902. Le 24 janvier, il est de retour à Tôkyô. Et dès la rentrée du printemps, succédant au célèbre Lafcadio Hearn, il se voit chargé du prestigieux enseignement de littérature anglaise à l'Université impériale de la nouvelle capitale. Son cours sur *Macbeth* établit sa réputation auprès de ses collègues et des étudiants. Dans un pays qui, comme le Japon, honore ses savants et considère ses lettrés comme des maîtres, Sôseki est devenu un *sensei*. À trente-cinq ans, au milieu du chemin de sa vie, il a gagné comme malgré lui le pari auquel la plupart consacrent toute leur énergie et toute leur existence : il est pourvu d'une position professionnelle, avec devant lui la perspective d'une carrière lui garantissant respect et réussite. Tout cela, Sôseki l'abandonne pour la littérature et, pour faire bonne mesure, il élit la littérature sous sa forme la moins respectable : non pas la poésie mais le roman et, pis encore, le roman satirique. À la consternation et à l'étonnement de ses pairs, il remet sa démission aux autorités de son université et signe un contrat avec un grand quotidien national dont il devient le feuilletoniste à succès.

22

Rentrant chez lui, Sôseki a été précédé par une rumeur venue d'Angleterre, qui le déclare fou. Les confidences des compatriotes de passage à Londres, les rapports les plus officiels des autorités diplomatiques, les lettres mêmes — fébriles et bizarres — envoyées par Sôseki depuis son exil témoignent d'un état de santé assez alarmant pour inquiéter même les médecins anglais accoutumés pourtant aux neurasthénies les plus excentriques. Aux fonctionnaires du ministère de l'Éducation nationale qui le réprimandent pour ne leur avoir pas fait parvenir le compte rendu témoignant des progrès de sa mission scientifique, Sôseki se contente d'adresser une page blanche. Son esprit est cette page blanche sur le vide de laquelle se forment des hallucinations régulières, fantômes que le retour au pays ne suffira pas à dissiper tout à fait. Consécutifs à son séjour londonien, les témoignages sont nombreux qui présentent Sôseki abattu et absent, s'enfermant dans son cabinet de travail pour y gémir et y sangloter seul.

Deux années ont passé et elles ont sans doute fait de Sôseki comme un étranger dans son propre foyer où l'attendent Kyoko, son épouse, et leurs deux filles, Fudeko et Tsuneko, cette dernière née en son absence et âgée de deux ans — petite fille marchant et commençant à parler — lorsqu'il la prend pour la première fois dans ses bras. Chez un homme comme Sôseki — exaspéré par l'exil, déshabitué de toute compagnie, devenu d'une méfiance maladive à l'égard du monde — et retrouvant une épouse telle que la sienne, dont l'hystérie ordinaire semble avoir été décuplée par la détresse d'avoir été ainsi abandonnée —, la joie des retrouvailles a dû se trouver assez embarrassée : le déménagement et la nécessité de réorganiser toute la maisonnée, les questions domestiques et financières à régler, le réapprentissage de la vie de famille, le devoir maladroit de faire cohabiter à nouveau deux corps. Reprenant sa place dans le lit conjugal, j'imagine que Sôseki a dû connaître le désagrément plus grand d'une seconde nuit de noces où l'excitation de la découverte, la naïveté du désir

179

ne viennent plus au secours des gestes, où la gêne laisse les amants désarmés et les force à expédier avec un peu de brutalité leur plaisir. Sôseki ne dit rien, bien sûr, de tout ceci. Un mois après son retour, Kyoko est de nouveau enceinte.

23

Ce que vivent ensemble un homme et une femme, au fond, on n'en dit jamais rien. Par exception, il faut le très grand roman (Joyce, par exemple) pour considérer vraiment cette part d'inconnu placée tellement en évidence sous les yeux qu'elle en devient invisible : le couple, comme disent les magazines féminins, c'est-à-dire cette expérience finalement très curieuse que connaissent deux êtres de sexe opposé qui laissent passer ensemble sur eux le temps de leur vie. Il se peut qu'on prétende parfois le contraire dans les livres qui lui sont consacrés mais n'en croyez pas un mot : tel est le grand sujet de Sôseki.

Son mariage avec Kyoko fut un mariage arrangé selon toutes les règles matrimoniales de la vieille société japonaise. Sôseki a presque trente ans, sa fiancée est de dix ans sa cadette. On demande aux entremetteurs patentés de faire leur travail, on échange des portraits photographiques, on laisse les familles négocier les conditions d'une éventuelle union, on prend garde à ce que tout se passe dans le respect des convenances communes et dans celui des intérêts en présence.

Kyoko est la fille aînée d'un haut fonctionnaire. Ses portraits montrent une toute jeune et assez séduisante personne. Sôseki semble s'être comporté à son égard avec l'ordinaire goujaterie des mâles japonais, celle-là même qui aujourd'hui encore explique que, dans le métro de Tôkyô, vous ne trouverez aucun homme pour céder sa place à une femme — même enceinte — et que tout mari estime naturel que, de retour du travail ou tard après une nuit de beuverie avec ses collègues de bureau, son épouse soit à sa disposition pour prendre soin de lui silencieusement et avec la déférence accordée à l'ordre naturel et immuable d'un ménage qui se respecte. La légende veut que le seul éloge adressé par Sôseki à sa fiancée ait été le suivant : qu'il l'ait félicitée de n'avoir pas la vanité de faire aucun effort pour dissimuler à quel point ses dents étaient mal plantées ; il semble aussi qu'au lendemain de la nuit de noces il ait entrepris de la sermonner afin de lui rappeler qu'elle avait épousé en toute connaissance de cause un homme dont l'existence était consacrée à l'étude et qu'en conséquence il ne lui fallait pas s'attendre à ce qu'il distraie de son temps pour le plaisir ou l'agrément de sa nouvelle épouse aucune des heures destinées à être passées devant son écritoire et parmi ses livres.

24

Non, bien sûr, il n'y a pas d'amour heureux. Qui donc, connaissant vraiment l'amour, a jamais pu penser qu'il en fût autrement ? Certainement pas Sôseki. Et pas davantage son épouse.

Leur vie de ménage fut un continuel crève-cœur. Plus encore : la triste et tuante conjonction de deux tempéraments désaccordés auxquels le tout premier chagrin a donné l'occasion de mesurer tout le fond de douleur de la vie. Quelques mois après les noces, Kyoko fait une fausse couche qui la laisse atterrée et la livre pour toujours à une violente angoisse proche parfois de la démence. De tout cela, Sôseki parle sans fin dans ses romans. Il est cet homme qui voit la femme auprès de lui s'enfoncer dans un immense chagrin dont il partage un peu l'amertume mais qu'au fond — il le sait bien — il ne comprend pas.

L'enfant est mort avant terme, et selon la coutume, on inscrit sur une tablette funéraire son nom posthume, le seul qu'il aura vraiment porté. En lieu et place du bébé qui n'a jamais été, il y a cet absurde objet posé sur la commode du salon auprès duquel on fait brûler des bâtons d'encens longtemps renouvelés, et puis qu'on se résout à reléguer au fond d'un tiroir, emmailloté précieusement dans du coton que le temps va irréversiblement jaunir. La jeune femme, elle, reste longtemps couchée, les yeux au plafond, doucement hébétée, laissant tous les autres à son chevet se méprendre sur la signification de ce calme dans lequel elle glisse et où ils lisent le premier signe de son rétablissement prochain. Mais sa pensée est au travail, considérant toutes sortes de questions sans réponse : Qu'est devenu l'enfant qu'elle portait en elle et que veut dire ce vide qu'elle ressent dans son corps à l'endroit exact où il vivait ? De quoi est-il mort et pourquoi ? Où cet événement a-t-il sa place dans le grand jeu enchaînant les causes et les effets dont on dit qu'il comprend tout ? L'aporie à laquelle se heurte Kyoko n'est pas moindre que celles dont traite la philosophie : son intelligence s'exerce sur le monde et son échec l'exaspère sans pour autant fournir à l'esprit ce refuge de la folie où cesserait une torture morale dont personne, sauf elle, ne peut entrevoir l'interminable cruauté.

25

Quelque chose s'est perdu avec le premier enfant, que rien ne viendra remplacer, qui ruine toute confiance possible placée dans le monde. La grande désespérance féminine s'installe dans le cœur, l'inerte et fébrile fureur devant la frustrante incomplétude des choses, la violente et impuissante aspiration au néant à laquelle les hommes, en général, préfèrent donner le nom d'hystérie.

De cela aussi, Sôseki parle dans ses romans. Il se réveille au milieu de la nuit et éprouve seulement une absence dans le lit à ses côtés. Il se lève dans le noir. Au milieu du couloir, il aperçoit la forme allongée de sa femme, à plat ventre, inconsciente, devant la porte des toilettes. Ou bien, elle est accroupie dans un coin de la véranda. Son regard est vague et le monde s'y réfléchit avec toute la précision terrifiante d'une hallucination. Il y a les rêves aussi et les images étranges qui viennent avec eux : un soleil affreux que porte un nuage multicolore, un enfant mort qui appelle du fond d'un puits.

Parfois, le corps se tend avec violence, prend la forme d'un arc tourné vers le ciel, comme s'il concentrait en lui toute l'énergie mauvaise des choses, se raidissant jusqu'à donner l'impression de devoir rompre. Une nuit — cela se passe un an après la perte de l'enfant —, Kyoko disparaît pour de bon et descend, pour s'y noyer, dans les eaux gonflées de la rivière Shirakawa d'où la sortent des pêcheurs. Désormais, Sôseki prend la précaution, avant de s'endormir, de glisser la ceinture de sa chemise de nuit dans celle de son épouse, de se lier à elle dans le sommeil pour que le moindre de ses gestes l'alerte et qu'il puisse la protéger d'elle-même et de son désir de mourir. Il est cet homme qui veille le regard vide de la femme qu'il aime et qui s'enfonce dans une nuit toujours plus épaisse.

Il faut toute la sagesse carnassière et insensible des hommes pour se figurer que la naissance d'un enfant efface la mort d'un autre. Deux ans passent et une petite fille vient au couple. Son père la nomme Fudeko, c'est-à-dire « fille du pinceau », comme si c'était d'encre et de papier qu'était faite l'enfant. Mais quand Sôseki décrit cette naissance dans l'un de ses romans, il dit autre chose : la panique devant cette chose gélatineuse et sans nom, vivante pourtant, que le ventre de sa femme vient de laisser tomber dans le monde.

D'autres enfants naîtront au couple, cinq filles et deux fils, mais chaque nouvelle grossesse réveillera chez la mère les mêmes accès de terreur, comme si ce qui a eu lieu une fois avait donné forme définitive à la vie, creusant parmi les choses un profond sillon de souffrance destiné à être de nouveau suivi, jusqu'au bout cette fois, un jour ou l'autre.

Le malheur est patient. Au cours de l'hiver 1911, soudainement, la plus jeune des filles du couple, Hinako — qui n'a pas encore deux ans —, perd la vie. À sa mort, les médecins n'apportent aucune explication. On retrouve l'enfant inanimée et c'est tout. Sans y rien changer mais en la prêtant à d'autres, cette histoire, Sôseki l'insère aussitôt dans son nouveau roman. La pluie tombe, régulière et sonore. Depuis l'intérieur de la maison, on entend distinctement chacune de ses gouttes rebondissant sur les feuilles du bananier voisin. Au cours du dîner, l'enfant s'écroule sans une plainte. On l'allonge sur son lit. Déjà, plus aucun souffle ne passe entre ses lèvres bleuies. Le médecin arrive aussitôt. Il accomplit quelques gestes qu'il sait tout à fait vains. Un grand silence sans larmes s'est installé. Le père a seulement ces mots : « C'est tellement extraordinaire. »

Sous la pluie qui tombe encore ont lieu les funérailles. On couche le petit corps dans son cercueil et on dispose à ses côtés tous ses jouets pour l'accompagner. On fait neiger sur lui, comme des fleurs blanches, les bandelettes de papier répétant l'invocation rituelle au Bouddha. Un prêtre prononce les formules sacrées mais le père le congédie assez vite pour épargner à l'âme de sa toute petite enfant l'ennui de cette fastidieuse litanie qu'elle n'aurait pas comprise. Une haute forêt de bambous vivaces a grandi autour du crématoire. Lorsque l'employé ouvre les portes noircies du four, on aperçoit tout au fond une forme ronde et grise qui a conservé l'apparence enfantine du corps consumé. Et, quand la silhouette de cendres s'affaisse, apparaissent des vestiges venus du crâne, du visage, quelques dents, deux ou trois os de plus grande taille, toute cette menue monnaie morbide dont la coutume veut qu'on la recueille mais qui n'a, note Sôseki, plus rien du tout d'humain et ressemble seulement à de minuscules cailloux enfouis dans le sable sans vie.

27

Ensuite viennent toujours les mots ordinaires, ceux qui invitent à revenir vers la vie, à remplacer au plus vite ce qui a disparu. Mais une autre enfant ne serait rien à moins d'être l'enfant même qui a été perdue. Rapportant la mort de sa fille, Sôseki écrit de ce chagrin intense qu'il lui semblait alors contenir toute la beauté et la pureté possibles et qu'alors grandissait déjà en lui une nostalgie violente pour l'âpre souffrance de cette journée de deuil.

Chez Sôseki, les hommes et les femmes se tiennent, ensemble et séparés, face à une même vérité dont ils ont éprouvé un jour l'amertume. L'amour est le nom qu'on donne à cette expérience partagée. L'amour : oui, ce qui se passe entre un homme et une femme qui s'aiment, les sortilèges un peu sots de la séduction, le magnifique rêve imbécile de n'être plus qu'un et puis l'installation dans la longue et impitoyable tendresse de la guerre conjugale, l'hostilité négociée, les grandes manœuvres et les petits mensonges de l'adultère, le théâtre et les scènes, la paix quotidiennement rompue et retrouvée, le drame dont on se sauve en apprenant les règles du vaudeville. Il y a tout cela dans Sôseki, sans oublier l'essentiel : l'amour, justement. Une grande ombre grise et légère pèse sur l'existence de Sôseki, sur celle de sa femme, sur cette double démence douce que fut leur vie commune. Les plus grands romans de l'écrivain — ils s'intitulent *Mon*, *Michikusa*, *Meian* — font se poursuivre une même et longue histoire d'amour singulière, souriante cependant et qui exprime tout ce qu'il peut y avoir de tendresse et de tristesse entre un homme et une femme. Une joie discrète et amusée se loge dans toute cette désespérance. Le pessimisme de Sôseki — tel qu'il le prête à certains de ses personnages — est si sombre et sentencieux qu'il en devient parfois objet de comédie. Aux dernières lignes d'un de ses livres, un homme déclare devant son épouse et son enfant : « Rien, pour ainsi dire, ne se règle dans le monde ! Ce qui est arrivé une fois nous poursuit sans fin. Simplement, la forme en est toujours différente, et personne ne s'en rend compte, pas plus les

autres que soi-même. » Et cela est vrai, certainement. Mais le dernier mot, comme il se doit,
appartient à la mère s'amusant, son bébé dans les
bras, des grandes maximes creuses de son mari
philosophe.

28

Les personnages de Sôseki se tiennent devant une vérité qu'ils ne comprennent pas et dont le caractère splendidement absurde, sans rien leur ôter de leur dimension tragique, les transforme en des héros burlesques.

Il y a cette porte fermée, sur laquelle ils butent, et qui fait comme un écran têtu entre eux et la signification — indéfiniment dérobée dans son évidence — du monde. Elle donne son titre au roman de Sôseki qui paraît en 1910. En japonais, on dit *mon* et le caractère chinois dont on se sert est l'un des plus facilement identifiables de tous, avec ses deux barres verticales et presque symétriques qui en représentent les deux montants dressés, clé à l'aide de laquelle on trace toutes sortes d'autres idéogrammes, d'autres mots

qui signifient par exemple « question » ou bien
« problème ». C'est le *torii* des sanctuaires aussi.

Le héros de *La Porte* a presque le même prénom
que son auteur. On l'appelle Sosuke. Comme l'a
fait autrefois Sôseki, afin de se distraire de sa
tristesse et de reposer son esprit, il décide de
faire retraite dans le calme d'un monastère zen.
Dans la chambre où il s'installe, conformément
aux conseils de son nouveau maître, il allume les
bâtons d'encens, adopte la position dite du demi-
lotus, travaille à laisser la méditation faire le
vide dans sa pensée, puis, éprouvant l'inconfort
et l'inutilité de l'exercice, les reins et la nuque
raides, l'imagination totalement excitée par l'oi-
siveté, il renonce et s'enfonce dans le sommeil.
Le lendemain, on le convoque parmi les bonzes
pour qu'il expose les réflexions que lui inspire le
problème spirituel soumis à sa sagacité par le
maître. La question est : « Quel est l'état d'avant
la naissance du père et de la mère ? » Il va de soi
qu'à une telle question, Sôseki ne répond rien.

Toute sa vie, Sôseki trouve devant lui une
porte fermée dont son intelligence échoue à faire
jouer le verrou. Il ne peut ni rebrousser chemin
ni passer de l'autre côté des battants de bois. Il

reste comiquement posté devant un obstacle qui, peut-être, ne dissimule rien mais dont le cadre immobile l'obsède comme une énigme entêtante, absurde et, au fond, sans durable importance.

29

Le corps s'en va à son tour. Il y a comme un principe de pesanteur qui s'exerce sur lui et qui le vide de toute sa substance, l'ouvre par en bas, répand sa matière malsaine et la rend au néant.

Depuis toujours Sôseki est malade. Il tousse et crache le sang et, alors qu'il est un jeune quadragénaire, les médecins diagnostiquent chez lui un ulcère qui met en danger ses jours. Des vomissements le plient en deux. Un liquide épais sort du dedans de lui et Sôseki en observe les couleurs étranges et changeantes se mêler au fond de la cuvette qui ne quitte plus son chevet. On doit l'hospitaliser et il reste plusieurs jours entre la vie et la mort, faisant cette expérience nouvelle de n'exister plus que par le sentiment de sa propre souffrance, devenant cette souffrance, son corps, son esprit absorbés par le travail sale et humiliant de la maladie, avec le désir — Sôseki l'écrit — de jeter sa propre dépouille aux chiens, puis de s'enfoncer dans le sommeil stupide par lequel tout finit. Ses derniers livres, Sôseki les rédige dans les intervalles bienheureux que lui laissent des crises toujours plus aiguës. Son état de santé se complique d'une insistante douleur anale qui appelle l'intervention du chirurgien et une nouvelle hospitalisation. Le grand roman qu'il compose au printemps 1916 s'ouvre dans un cabinet médical où le héros subit un examen approfondi de son anus et de ses intestins.

Le plus poétique, le plus profond, le plus délicat des grands romans d'amour japonais (il s'agit de *Meian*) commence ainsi par une histoire d'hémorroïdes. Il s'interrompt lorsqu'une crise nouvelle et plus violente encore que les précédentes abat son auteur à sa table de travail, le 22 novembre 1916. Sôseki tombe littéralement sur la feuille encore blanche où figure seulement le numéro (189) du chapitre qu'il s'apprêtait à écrire. Son ulcère a dégénéré en une hémorragie interne qui, le 9 décembre suivant, a raison de lui.

Personne ne peut dire quelle conclusion Sôseki aurait donnée à son récit, vers quelle hypothétique révélation l'écrivain conduisait ses personnages, ou bien si tout — comme je le crois — se serait terminé dans la coutumière indécision de la vie.

30

L'art du roman ne porte en lui la promesse d'aucune illumination. Ou bien, s'il formule une telle promesse, c'est seulement afin de révéler à quel point elle est nécessairement mensongère. Il n'y a pas de mot à l'énigme de la vie. Tout comme Kafka — dont il est l'exact contemporain —, Sôseki abandonne ses personnages dans une auberge perdue au milieu de nulle part, théâtre frivole d'une histoire de séduction qui sans doute ne veut rien dire d'autre qu'elle-même. Tout comme un autre héros de Kafka, il reste devant la porte. Le récit le reconduit enfin devant le spectacle identique des choses, sans qu'il y ait à attribuer à celles-ci aucune signification supérieure, aucune valeur surnaturelle. On laisse l'histoire suspendue, on abandonne le livre de la vie ouvert à la plus indifférente de ses pages et puis l'on meurt — toujours comme un chien.

Toute la drôlerie cruelle du monde dit : Il n'y a plus rien. Un moment, seul survit au néant le rire du roman qui accompagne les vivants dans leur nuit.

Ou bien, c'est le jour, encore. Le noir n'a pas encore épaissi et effacé les formes du monde. La porte est de verre, comme celle qu'évoque l'un des autres livres de Sôseki : *Garasudo no uchi (À travers la vitre)* — où *garasudo* est la déformation japonaise approximative du mot anglais *glass door*. On aperçoit des bananiers dans la lumière douce de l'après-midi. J'imagine que ce sont les mêmes sur lesquels battait la pluie noire d'une autre nuit. Mais, là-bas, on les appelle *bashô* et c'est aussi le nom qu'un poète a autrefois choisi. La croisée découpe dans l'horizon infini un carré minuscule de lumière à l'abri duquel, protégé par la lame verticale du verre, se tient la réserve intouchable des choses.

Le livre s'achève un dimanche. Les enfants font les fous dans le jardin. Leur père est semblable à eux, s'amusant de mots, prenant au sérieux ses propres jeux, s'enchantant de la grande indifférence de cette journée où le temps s'écoule enfin pour rien ni personne. Le printemps est tout juste revenu. On le sait aux chants voisins des rossignols et à la brise qui passe sur les feuilles de l'orchidée. Il y a un grand sourire qui enveloppe le monde et où tout souci s'efface un instant. En plein ravissement, Sôseki achève son livre comme s'il s'agissait de celui d'un autre. Bientôt, il ne concernera plus personne. Bienheureuse, l'heure sera venue de la sieste sous le soleil.

31

On veut souvent que Sôseki, au bout de sa vie, soit parvenu à la sagesse, qu'il en ait enfin franchi le seuil. Il arrive même qu'on fasse de lui une figure sainte. Destinés à des lecteurs de bonne volonté, de petits ouvrages précieux et édifiants rassemblent certains des poèmes de l'auteur et les présentent comme s'il s'agissait de maximes servant à l'instruction spirituelle des esprits religieux de toutes confessions. Des témoins rapportent des confidences. Pour certains, elles accréditent l'idée d'une conversion ultime du romancier s'abandonnant avec extase au grand sentiment joyeux du néant. L'esprit dit enfin : *Sokuten kyoshi*. Cela signifie « suivre le ciel, laisser le soi ».

Il n'y a rien à redire à tout cela. Les poèmes de Sôseki expriment bien ce désir de n'être enfin plus rien, de découvrir — ce sont ses mots — dans la forêt infinie du monde ce temple où le chagrin d'aucune pluie ne vient tomber sur les feuilles des bananiers. Mais ce désir n'est pas celui du roman. L'histoire que Sôseki laisse malgré lui inachevée ressemble à toutes les autres qu'il a rêvées, elle dit l'expérience amère et sans merci d'aimer et, à aucun moment, elle ne donne à penser qu'une quelconque illumination vienne dissiper enfin l'illusion d'être au monde. Ce qu'aurait raconté le chapitre 189 de *Meian* — et les dizaines d'autres qui vraisemblablement auraient suivi —, nul n'est en mesure de se le figurer autrement que sous la forme de ce grand blanc au sein duquel se poursuit perpétuellement le mouvement du monde pour lequel il n'y a jamais de dernier mot posé.

Personne ne sait ce que signifient les titres que Sôseki a donnés à ses plus grands livres. Comme *Sore kara*, ils désignent simplement l'infini « et puis » de la vie. Le roman où il raconte la mort de sa fille, l'écrivain l'a intitulé *Higan sugi made*. Littéralement, ces trois mots veulent dire « À l'équinoxe et au-delà ». Interrogé sur leur signification, Sôseki a répondu qu'il avait primitivement prévu d'achever la rédaction de son livre au moment de l'équinoxe de printemps ou bien un peu après. Mais comme cette période de l'année est au Japon celle où l'on se souvient des défunts, ce titre s'entend également ainsi : « Jusqu'à la mort et au-delà ». Car il n'y a pas de raison pour un romancier que tout s'achève avec la vie.

5

TÔKYÔ

Vers le Japon, après le tout premier à Kyôto, il y eut d'autres voyages encore. Notre fille morte, la vérité est qu'il nous fallait partir. Je l'ai raconté dans mon deuxième roman et comment nous avions d'abord quitté Paris pour une première maison en pleine campagne, puis pour un petit appartement situé sous les toits, au sommet exact d'une grande ville de l'Ouest. C'était là-bas et cela aurait pu être n'importe où. La fuite avait commencé dès la mort de notre enfant et depuis elle était sans fin. Mais nous n'étions pas allés assez loin. Seul l'autre bout de la terre conviendrait à ce que nous cherchions : un horizon où disparaître, où devenir suffisamment étranger à soi-même pour n'avoir plus de comptes à rendre à quiconque, installés sur une autre planète, partis pour une autre existence où toute trace des drames, des crimes, des hontes passés n'ait pas disparu mais ait subitement perdu presque toute signification. C'est l'aventure banale de tous ceux qui s'en vont. Si malgré tout il se trouve là-bas, de l'autre côté de la terre, quelqu'un pour vous le demander, pouvoir dire : oui, c'est arrivé mais c'était ailleurs, autrefois, cela concernait quelqu'un d'autre que moi, et ici cela n'a pas davantage de consistance qu'une histoire trop souvent racontée, usée d'avoir voyagé si loin.

L'année qui suivit notre premier voyage, nous sommes partis à nouveau pour le Japon : revisitant les lieux où nous étions allés, poussant pour la première fois jusqu'à Kyûshû et Fukuoka. Puis, l'année suivante, nous avons passé un mois à Tôkyô, séjournant dans un hôtel de Shibuya puis dans un appartement de la banlieue qui nous avait été prêté, quittant seulement la ville pour un petit périple vers le nord (Sendai, Matsuyama) puis un autre plus long vers l'ouest et puis le sud (Niigata, Hiroshima). Le tourisme est l'art de jouir du monde en passant. Comme la vie. Il n'y a pas de raison d'éprouver pour lui du mépris. Les temples de bois rouge dont la peinture flambe, vieux de plusieurs siècles et pourtant périodiquement reconstruits comme le veut l'usage. Le feu des fleurs ouvertes parmi les herbes, tout près d'un bassin avec les flèches rouges ou noires des carpes grasses glissant dans l'eau immobile. Les jardins de mousse et ceux de pierre où, sur le gravier, parmi les vagues qu'un rateau a tracées, se dressent comme des îles volcaniques les masses de quelques rochers. Les délicates charpentes aux formes de pagodes qui s'allongent près d'un plan d'eau et se réfléchissent à sa surface, couchant leurs lignes parmi les disques flottant des nénuphars. Sous les arbres, le labyrinthe de portes par milliers faisant un sanctuaire obscur et inquiétant dédié au dieu Renard. Les forêts sans fin avec leur vert épais au versant des montagnes. Le bleu d'acier et le noir d'encre des côtes où les vagues viennent se briser sur le tranchant des récifs. Les temples encore, tous identiques à nos yeux de profanes, les statues impavides des saints, les masques grotesques de géants gardiens du néant. Bien d'autres choses encore qui sont celles pour lesquelles on s'imagine en général qu'un pays comme le Japon vaut la visite. En somme, toute la collection ordinaire des cartes postales.

Mais, en ce qui nous concerne, autre chose nous appelait, qui n'avait qu'un très vague rapport avec les merveilles et les trésors de la culture japonaise et que nous trouvions surtout dans l'expérience du désœuvrement le plus total : à marcher au hasard sachant que nous n'avions strictement rien à faire dans le lieu où désormais nous vivions, qu'aucune place n'y existerait jamais pour nous, que nous y serions toujours de bienheureux étrangers. Au fond, il s'agissait simplement d'un désir de vacances : laisser s'ouvrir le ventre du vide quelque part dans l'espace, dans le temps et signifier au monde son congé. Être libre mais d'une liberté sans contenu, rendu au grand néant paisible d'une vie après la vie. Car il est difficile de croire qu'existe vraiment une autre terre que celle sur laquelle on est né. Ailleurs, rien ne semble jamais réel. On s'en revient à l'intérieur d'un rêve qui, étrangement, semble toujours en répéter un autre plus ancien et qui vous ramène ainsi jusqu'au site le plus secret de votre propre pensée. Sans doute. Mais c'est encore un rêve, rien de plus, qui n'engage à rien, où plus rien ne prête à conséquence. Et l'on sait bien que le réveil finira par venir.

Lorsque je suis allé pour la première fois au Japon — c'était au printemps 1999 et mon deuxième roman paraissait seul à Paris —, l'his-

toire de Kobayashi Issa, celle de Yosuke Yamahata et même celle de Natsume Sôseki m'étaient
presque inconnues. Mes deux voyages ultérieurs
ne m'en ont pas appris davantage. Je savais au
mieux les quelques vers d'Issa que prennent et
reprennent les redondantes et luxueuses anthologies de haïkus auxquels les éditeurs français limi-
tent leur intérêt pour la poésie japonaise. Mais ce
que ces vers pouvaient signifier, et qui est sans
rapport avec la fausse sagesse dont on veut en
Occident qu'ils soient l'illustration, je n'ai commencé à le comprendre que lorsque j'ai eu entre
les mains l'édition anglaise d'*Ora ga haru* — trou-
vée par hasard au dernier étage de la librairie
Maruzen, de Kyôto. J'avais dû lire trois ou quatre des romans de Sôseki — certainement *Mon* et
Meian — mais pas davantage. Et en aucun cas
Higansugi made ou *Sorekara*, dont la traduction
française n'existait pas encore. J'avais vu, bien
sûr, certaines des photographies d'Hiroshima et
de Nagasaki mais quant à l'histoire de Yosuke
Yamahata, j'en ignorais absolument tout, jusqu'à
ce que je tombe, par hasard là encore, à la télévi-
sion, sur un documentaire qui lui était consacré
et que j'ai regardé très distraitement car je
n'imaginais pas à l'époque l'usage que j'en ferais
dans ce roman. J'en viens ainsi à me demander si
je n'ai pas rêvé le souvenir qui m'en est resté.

Mais si j'y réfléchis, je n'ai pas davantage rêvé l'histoire de Yamahata que celles d'Issa ou de Sôseki dont mon ignorance du japonais m'interdit positivement de rien savoir. Tout ce que je peux dire est que ces trois hommes ont existé dans le temps. Ce que j'ai imaginé de leur vie doit parfois correspondre par accident à la réalité.

Non, en vérité, lorsque je suis allé au Japon pour la première fois, j'avais d'autres histoires en tête dont je savais bien qu'elles n'étaient pas tout à fait sans rapport avec la mienne mais dont je pensais qu'elles m'en divertiraient un peu. À un étranger au Japon — pour peu qu'il fasse preuve d'un peu de bonne volonté —, toutes les portes s'ouvrent d'elles-mêmes. Ce qui, dans votre propre pays, aurait paru inutilement compliqué à organiser, une conspiration bienveillante, une complicité amicale le rend immédiatement possible : vous êtes loin de chez vous, seul comme jamais et, du coup, sur votre solitude même, une étoile inexplicablement secourable se met à briller. Exprimez-vous un vœu ? Il se trouve quelqu'un qui vous exauce, et il se réalise aussitôt. Au Japon, j'ai connu comme nulle part ailleurs la chance d'une formidable, discrète, élégante hospitalité. La même semaine — c'était celle de mon trente-septième anniversaire, l'Institut français nous hébergeait, on était en juin et la saison des pluies recouvrait de grisaille tout Tôkyô —, sous le prétexte de réaliser avec eux un entretien, j'ai rencontré les deux romanciers japonais dont les livres — parce que j'avais l'impression qu'ils accomplissaient mieux que je n'avais su le faire le propos des miens — m'avaient conduit au Japon. Qu'un obscur écrivain français fasse le voyage de Tôkyô afin d'y être reçu par deux grands écrivains japonais me semblait un juste retour des choses après tant d'années où tout s'était toujours et exclusivement passé dans l'autre sens. Je voulais juste qu'il se trouve là-bas quelqu'un pour me donner acte de ce que j'avais écrit, de ce que j'avais vécu.

Au terme d'un long et incompréhensible itinéraire en train à travers la banlieue, Alice et moi sommes arrivés, après nous être longuement perdus comme on se perd toujours à Tôkyô, au bout d'une rue bordée de maisons massives et au milieu de laquelle se trouvait posté un homme de petite taille caché sous un gigantesque parapluie : notre hôte, qui s'inquiétait de notre retard et nous attendait. Cela, je pourrais le raconter, et puis le reste : l'intelligence, la sensibilité, la générosité de Kenzaburô Ôé. Ou encore, le lendemain, notre visite à Tsushima Yukô. On sait bien que rencontrer un écrivain n'est rien, que sa présence, sa conversation ne révéleront aucune vérité — même minuscule, anecdotique — en rapport avec son œuvre, qu'au mieux elles en constitueront la confirmation inutile et, le plus souvent, le risible et embarrassant démenti. Ce qui vous conduit chez l'un ou chez l'autre de ceux que vous avez lus est d'une autre nature. On désire simplement retourner à quelqu'un le signe que ses livres vous ont adressé, comme un salut amical en passant, une main agitée pour rien comme le font de derrière la fenêtre d'une voiture ou d'un train des enfants, à l'adresse d'un inconnu qu'ils ne reverront pas, qui hésite puis lève à son tour la main, sourit, bouge un peu les doigts et dont au loin la silhouette s'évanouit déjà. Et si puéril que cela puisse paraître, on peut s'émouvoir de la gratuité splendide, de la beauté désintéressée d'un tel geste, de la vitesse vaine et bouleversante de ce signe tracé dans le vent et le vide.

Non, je n'étais pas sorti du cercle — je ne le suis toujours pas — où je tournais, m'imaginant que seul un nouveau livre me permettrait d'effacer les précédents et de laisser vivante l'expérience d'où ils étaient sortis. C'était déjà tout le sujet de mon deuxième roman. Et depuis, je n'avais pas avancé d'un pas. D'une manière que je ne comprenais pas bien et que je m'avouais encore moins, je voulais juste me délivrer de ma propre histoire en lui donnant la forme encore d'un autre livre — et ensuite d'un autre encore. Je ne saurais pas expliquer autrement l'évidence absurde de ce raisonnement qui avait fini par faire la forme même de ma pensée. Mais je mesurais bien — ma folie n'allait pas jusqu'à l'ignorer — que si je faisais de ma propre histoire un nouveau livre, après les deux que j'avais déjà écrits, ce livre, il ne se trouverait plus personne pour le lire. J'avais la sensation très précise — aussi précise presque que celle qui naît d'une hallucination — de me trouver face à un mur. Il se trouvait d'ailleurs toutes sortes de gens bien intentionnés autour de moi pour me le faire remarquer. Le mur était devant moi. Je n'avais pas la force ni même le désir de le renverser. C'est pourquoi je pensais qu'un détour était nécessaire. Quel détour, je ne le savais pas.

J'ai fini par penser que le détour que je cherchais devait passer sans doute par le Japon, que le désir que j'avais eu de partir là-bas indiquait que la suite de mon histoire se situait secrètement de ce côté-là du monde. J'ai pris alors conscience d'un phénomène curieux. L'état d'éloignement dans lequel je me trouvais favorisait une sympathie indiscriminée pour toutes les réalités qui m'entouraient. L'univers indifférent où j'étais entré paraissait avoir reçu la confidence impossible de mon propre secret. Toutes les histoires qu'on me racontait répétaient la mienne : celle d'Issa ou bien de Sôseki, d'autres encore, si nombreuses que je les ai immédiatement oubliées. C'est dans un tel état d'esprit que, me documentant sur l'histoire de la photographie japonaise, je me suis arrrêté sur une image prise par un certain Yosuke Yamahata au lendemain de l'explosion nucléaire de Nagasaki. Et, instantanément, j'ai su que l'histoire racontée par une telle image s'adressait à moi et qu'il était inutile de différer plus longtemps le moment où elle prendrait place dans le récit de ma vie.

Pourtant, je ne voulais pas écrire de roman qui se passerait au Japon — parce que je savais que la formule n'existe pas, que je ne saurais pas en inventer de nouvelle, qui permette de faire autre chose que de répéter les vieilles fables exténuées d'un exotisme convenu. C'est à un tel livre au fond que je pensais tout d'abord : le récit truqué d'une révélation, un conte consolant et finalement mensonger. Mais, depuis, le miroir était tombé. Et du grand fond jaune qu'il avait découvert, d'autres histoires s'étaient mises à parler. Il a fallu un certain temps pour que tous ces récits s'ajustent dans ma tête et que je comprenne le sens que formaient ces fragments de romans. Kobayashi Issa, Natsume Sôseki, Yosuke Yamahata : trois fois une seule histoire, bien sûr, et toujours la même. Et si cette histoire prend pour personnages des artistes (un poète, un romancier, un photographe), si elle dresse son décor dans un pays lointain (le Japon), sans doute est-ce par facilité ou par faiblesse et parce que cette convention en vaut une autre lorsqu'il s'agit de faire tenir des mots autour de quelques images dont la vérité concerne tous les vivants. C'est l'histoire de chacun. Et c'est la mienne aussi. Il n'y a rien qui soit assez fort pour empêcher que reviennent à soi les images de sa propre vie, et qu'elles sortent de l'épaisseur jaune et abstraite où flottent des fantômes.

On se trompe toujours sur le Japon, non pas parce qu'il y aurait — comme le prétendent les faux experts intéressés à l'épaississement du mystère dont ils font commerce — un secret japonais à élucider mais précisément parce qu'un tel secret n'existe pas. Le fond de l'affaire est très trivial. Une seule chose est à comprendre, aussi bête qu'une maxime ou un proverbe : là-bas, c'est comme ailleurs et partout, c'est pareil. Dans sa langue plus choisie, un philosophe écrirait que dans toute existence humaine — quels que soient l'époque et le lieu où cette existence se déroule — l'expérience de vivre fait s'ouvrir le même abîme et que sur le bord de cet abîme identique, les civilisations avec leurs cortèges de croyances viennent seulement disposer le décor au fond indifférent de leurs vérités vaines et variables. Mais tout est toujours beaucoup plus simple que ne le disent les philosophes. Sur les Japonais, n'importe qui en sait plus long que Heidegger : ils sont comme nous, et c'est tout, ils naissent, ils vivent, ils meurent, comme nous, ils passent d'un néant à l'autre, en essayant de sauver ce qui peut l'être du magnifique désastre d'exister et, comme nous, il arrive parfois que quelques-uns y parviennent.

Sauf exception (Barthes bien sûr et quelques autres), les livres dans lesquels un écrivain français prétend initier son lecteur aux trésors inintelligibles de l'âme japonaise, abordant avec l'infinie délicatesse d'un initié toutes sortes de fadaises folkloriques, ont à peu près autant de valeur que les récits dans lesquels un professeur anglais, s'improvisant spécialiste de l'identité française, raconte ses vacances en Provence, au pays de la pétanque et du pastis, et ils méritent le même succès un peu honteux. C'est toujours la même avantageuse aventure au vieux pays du Soleil-Levant où le héros (nécessairement occidental) vient en passant faire la démonstration de sa supériorité. Une mythologie est seulement venue en remplacer une autre. La nouvelle (celle futuriste dont les héros sont des jeunes gens et des jeunes filles aux allures de personnages de mangas) n'est que l'image mécaniquement renversée de l'ancienne (avec ses moines, ses geishas, ses samouraïs). Il y a beaucoup à gagner à faire le commerce de toute cette camelote. J'en suis sincèrement désolé mais, quant à moi, je n'ai rien à vendre concernant les mystères de l'âme japonaise.

Il y a cette remarque d'Hemingway dans *L'Adieu aux armes*, qui dit qu'on se fait toutes sortes d'idées fausses sur les Japonais, qu'en vérité ils ressemblent beaucoup aux Français, que ce sont des petits hommes qui aiment avant tout rire, boire et danser. N'importe quelle nuit passée à Tôkyô vient vérifier ce semblant de paradoxe : l'extraordinaire agitation des lieux de plaisir, l'excitation jusqu'à l'abattement, lorsque la rue enfin se vide et que tout s'achève dans l'ivresse la plus lourde, la plus complète. Prenez n'importe quelle idée toute faite sur le Japon et retournez-la. Vous obtenez une autre idée toute faite qui n'est ni plus vraie ni plus fausse que la précédente. Tous les lieux communs ont un envers et un endroit qui se valent. Personne ne parle jamais du manque de sérieux des Japonais, de leur légèreté, de leur sentimentalité, de leur insouciance, de leur nonchalance, en un mot : de leur gentillesse et de la douceur de vivre qui règne dans une cité comme Tôkyô.

Je ne connais personne en France pour qui Tôkyô ne soit synonyme d'enfer. Les gens vous diront : la pollution, les masques posés sur le nez et la bouche, les embouteillages, les trains et les métros bondés, les employés chargés de pousser les voyageurs dans les wagons pour permettre la fermeture automatique des portes. Et encore : la pègre contrôlant la ville, le crime et la prostitution, la foule lobotomisée, la fourmilière des grandes compagnies, la servitude volontaire du travail salarié, l'esclavage consumériste, la misère grossissant dans les coulisses de la société-spectacle. Tout cela existe sans doute mais je ne connais aucun voyageur de bonne foi qui l'ait vu. En revanche, essayez de dire : le luxe d'une société policée, l'éducation généralisée, la curiosité à l'égard du monde. Ou encore : le bonheur vrai de se retrouver libre à marcher la nuit dans les quartiers de Shinjuku et de Shibuya. Il ne se trouvera personne pour vous croire où que vous viviez dans la pauvre petite province française.

Je n'idéalise pas le Japon. Je sais juste que ce pays fut pour moi le lieu d'un dégagement rêvé. Un bon génie protecteur — dont j'ignore le nom mais que j'imagine semblable aux fées gracieuses ou aux divinités débonnaires qui peuplent les mythologies enfantines du pays — veillait sur moi lorsque je suis arrivé là-bas. Je m'amuse à penser qu'il ressemblait aux héros de certains dessins animés d'aujourd'hui : une toute petite fille en tenue d'écolière dotée de pouvoirs surnaturels. Ou bien le croisement improbable d'un ours en peluche et de l'idole de bois rouge d'un temple shinto. Le genre de héros bienveillant qui, sur l'écran d'un téléviseur ou sur celui d'une console de jeux, sauve le monde en souriant. Entre ce génie et moi, c'est une vieille histoire. J'ai contracté une dette à son égard. Le livre que j'écris est ma manière à moi de m'acquitter de cette dette.

Le premier printemps sur Tôkyô, il y eut ce signe. Nous devions retrouver une amie dans un salon de thé proche d'un des plus grands parcs de la capitale. Notre amie — puisque c'était la saison — nous avait proposé de sacrifier à une tradition bien japonaise, celle qui, au moment de la floraison des cerisiers, pousse les gens par millions vers les jardins pour y admirer le soudain flamboiement blanc sur les branches qui, l'espace de quelques jours, jusqu'à ce que les pétales tombent à terre, colore tout le paysage des villes de cette couleur blanche qui, au Japon, est aussi celle du deuil. C'est comme un mercredi des cendres un peu plus gai. Poussière, tu retourneras en poussière. Pétale, tu redeviendras pétale. On s'allonge sous les arbres dès le milieu de l'après-midi et l'on médite sur l'impermanence des phé-

nomènes, la brièveté de la vie humaine, la fuga-
cité des choses. La lune se lève et ajoute sa propre pâleur à la douceur du monde. La mélancolie
même devient prétexte à faire la fête. On chante
ou bien l'on récite des poèmes, on boit de la bière
et du saké et, souvent, on finit par s'endormir
complètement soûl, dans l'extase de l'ivresse, sur
l'herbe.

Mais cette année-là, tous les cerisiers
avaient soudainement fleuri un peu plus tôt que
d'ordinaire. Alors, un vent froid s'était mis à
souffler sur la ville. La neige était tombée tout à
coup et, partout dans les jardins, le blanc des flocons s'était ajouté à celui des fleurs. Cela faisait
sur le sol une mince et fondante couche de blanc
où, sous la semelle, les cristaux se mêlaient aux
pétales. Depuis plusieurs dizaines d'années, le
phénomène ne s'était pas produit. Pendant les
quelques heures qu'a duré ce mirage météorolo-
gique, on ne parlait que du caractère exception-
nel de la fête. Une grande foule s'était répandue
dans les parcs pour jouir du moment. La neige
unissait son symbole à la fleur pour dire deux fois
à quel point le monde où nous vivons est éphémère et ce qu'il y a de splendeur dans l'évanouis-
sement même des choses que nous aimons. Mal-

gré le froid et la boue sur le sol, nous nous sommes installés un instant dans un coin du jardin. Quelques jeunes filles ont voulu entamer la conversation en anglais avec nous. Elles disaient quelle chance nous avions de nous trouver à Tôkyô en un tel jour. Elles commentaient l'événement avec un grand sourire triste qui exprimait ce qu'il peut y avoir de douceur à éprouver la douleur du temps qui s'enfuit. Il fallait absolument fixer un tel moment. Et l'une des jeunes filles nous a proposé, à Alice et à moi, de nous prendre en photo et de nous envoyer le cliché en souvenir de notre conversation. Plusieurs semaines après notre retour en France, une lettre est arrivée de Tôkyô qui contenait l'image sur laquelle on nous voit à peine tant les flocons font un voile de coton dans l'air. Elle nous représente malgré tout, Alice et moi, frigorifiés dans nos vêtements trop légers pour la saison, accrochés l'un à l'autre, devant un grand cerisier en fleur, sous la neige qui tombe, parmi la foule serrée de visages japonais tournés aussi vers l'objectif. Nous sommes revenus à l'intérieur de la carte postale, heureux d'y être un instant, avec tout ce blanc joyeux qui, de partout, pleure sur nous.

6

HISTOIRE
DU PHOTOGRAPHE
YOSUKE YAMAHATA

1

Aucune langue autant que le japonais ne se montre accueillante aux mots étrangers. Elle dispose même d'un syllabaire spécial fait de signes, les *katakana*, destinés à les retranscrire, convertissant leur alphabet en caractères nets et carrés, les déformant pour mieux les adapter au système de ses sonorités. Étrangement, pourtant, et à la différence de la plupart des termes comparables issus de la modernité esthétique et technique, le mot « photographie » n'est pas passé tel quel en japonais. Un autre a fini par s'imposer et il est resté jusqu'à aujourd'hui. Photographie se dit donc *shashin* et les deux caractères chinois ainsi assemblés signifient quelque chose comme « vérité fixée ».

Il faut le lent travail du temps pour qu'une image se forme, qu'elle devienne comme un instant qui enfin s'arrête. Dix ans, dit-on, furent nécessaires à Nicéphore Niépce pour parvenir à fixer le paysage indifférent sur lequel donnait sa fenêtre : un rectangle gris, les trois côtés d'une lame de lumière oblique, un obscur monument comme une ombre inscrite sur la voûte même d'un ciel ancien, la toute première photographie de l'histoire, satisfaite de ne rien refléter d'autre que le vide du monde sans profondeur que le hasard avait ouvert devant elle.

C'était en 1826. Vingt ans encore passeront pour que le premier daguerréotype entre au Japon et qu'un certain Shimazu Nariakira, futur daimyo de Satsuma, en fasse l'acquisition auprès du comptoir hollandais de Nagasaki. Son portrait — que tira en 1857 l'un des samouraïs de sa suite — est le plus ancien cliché conservé qu'un Japonais ait réalisé d'un autre Japonais.

Mais il est une histoire plus belle racontant l'introduction de la photographie au Japon. Elle relate comment la première mission de l'amiral Perry comptait parmi ses membres un daguer-réotypiste du nom de Brown et qu'il rapporta en Europe une série d'images prises dans le pays, qu'elles furent reproduites sous forme de gravures sur bois dans un magazine anglais puis disparurent, détruites dans un incendie. Ainsi, des premières photographies faites du Japon, il ne resterait rien.

2

Un marché s'ouvre et il attire tous les entre-
preneurs. La promesse qu'il leur adresse est assez
tentante et lucrative pour les faire venir des quatre coins du monde. L'histoire de la photographie
au Japon commence véritablement ainsi. Les
faiseurs d'images nouvelles s'installent dans les
ports, à Nagasaki, à Edo, à Yokohama, débar-
quent leurs machines et tout le matériel nécessaire pour équiper leurs ateliers, ils commercent
auprès des comptoirs et commencent à monnayer leur art dans leurs studios et leurs boutiques. Le succès est rapide. Pragmatiques et
curieux, les Japonais s'enthousiasment vite pour
la petite manufacture de portraits et de paysages
de la toute naissante industrie photographique.

Par-delà l'océan viennent alors ceux qui connaissent la science des images nouvelles, les pho-

tographes, faiseurs de prodiges, prestidigitateurs forains, savants incertains. Comme Perry l'avait fait pour Brown, leur gouvernement les a chargés de rapporter les trophées qui, agrémentés d'illustrations, glorifieront la page nouvelle que soldats, ambassadeurs, négociants, missionnaires s'apprêtent à écrire dans le beau livre de l'histoire coloniale. Au milieu très exact du XIXᵉ siècle, c'est-à-dire plus de deux siècles après qu'ils ont été chassés, les étrangers posent à nouveau le pied sur le sol japonais.

À l'époque, l'affaire fait grand bruit et, en raison de ses conséquences diplomatiques, elle décidera de l'avenir du pays, entraînant les partisans de la restauration impériale à réviser leur politique, à se résoudre à l'inévitable et à coopérer avec les puissants représentants de l'Occident : ainsi, peu avant que ne soit incendiée la légation anglaise d'Edo, un certain Charles Richardson, sujet de Sa Gracieuse Majesté, commerçant installé à Shanghai, de passage à Yokohama où son navire fait escale, est assassiné. L'histoire veut qu'il ait refusé de céder le passage au seigneur de Satsuma. Ses meurtriers sont des samouraïs attachés à la personne de Shimazu Hisamitsu. Rien n'interdit d'imaginer que ce sont les mêmes qui, cinq années auparavant, avaient réalisé, sur la personne de son demi-frère, le premier portrait photographique de l'histoire japonaise. On peut prêter toutes sortes de significations à une telle coïncidence.

3

L'homme se nomme Felice Beato. Il figure
dans toutes les histoires de sa discipline pour
avoir le premier photographié les cadavres laissés par la guerre sur un champ de ruines. L'image
est célèbre, elle représente les lendemains de la
répression britannique et du massacre des cipayes
révoltés : épouvantails d'ossements invraisemblablement allongés sur la scène d'un théâtre
trop artistiquement dévasté, accessoires disposés
pour servir une morbide démonstration de force
adressée au monde. De cette photographie se
déduisent toutes les autres. Le Grand-Guignol
des actualités débute en ce même milieu très
exact du XIXᵉ siècle, dont date aussi — Manet,
Baudelaire, toutes les histoires de l'art vous le
confirmeront — ce que l'on nomme la modernité. Tout se passe en ces quelques petites années
où l'humanité répète une tragédie indifférente,

jouant sa minuscule comédie héroïque en vue des crimes que le siècle suivant s'en ira commettre sur une autre et plus écœurante échelle. En Crimée, en Inde, sur les champs de bataille d'Amérique où le Sud et le Nord se disputent, on s'exerce comme sur les scènes latérales d'un unique et total théâtre d'opérations encore en cours de construction.

Beato est partout. Qu'on reconnaisse en lui l'un des principaux artistes de son temps l'aurait certainement fait éclater de rire. Il est plutôt une sorte d'aventurier guettant les catastrophes, un mercenaire peu scrupuleux et vite gagné à toutes les causes. Il naît à Venise en 1825, devient photographe on ne sait trop comment ni pourquoi, part pour Malte puis pour Constantinople. Un concours de circonstances le conduit à remplacer Roger Fenton, photographe officiel de l'armée anglaise en Crimée. Il excelle dans sa mission, au point qu'on le fait sujet britannique et qu'il s'embarque pour les Indes. Et là-bas, ce que ni Fenton ni aucun autre n'a encore osé, lui le fait, étendant dans le cadre de son appareil, au premier plan, tout un jeu grotesque de restes humains, macabre et excessif, crânes, squelettes, fémurs, tibias, figurant pour rien dans le grand calme impossible du monde.

De quoi témoigne la photographie naissante ? De ce jeu de représailles où l'image est le gage d'un cadavre. Et de la guerre, partout, celle que les hommes livrent dans le temps et contre lui, dont toute image est la trace.

4

Et puis, un beau jour, comme on dit, mais pour lui ce jour fut certainement l'un des plus beaux, Felice Beato part pour le Japon. En 1863, il y retrouve son ami, le journaliste et dessinateur anglais Charles Wirgman, rencontré trois ans auparavant en Chine alors que Beato accompagnait le corps expéditionnaire franco-britannique prenant possession du Palais impérial. Les deux hommes s'installent à Yokohama où ils fondent le premier magazine japonais en langue anglaise et un studio qui va vite devenir le centre indiscuté de la toute nouvelle création photographique dans le pays.

C'est un autre monde où Beato entre et où il renonce presque tout à fait à l'ancienne et impavide cruauté de son art, photographiant cependant et peut-être par un reste d'habitude le spectacle de quelques exécutions : têtes tranchées comiquement postées sur des poteaux de bois, juchées sur leur absence de corps, guetteurs immobiles d'un néant dont jamais rien ne surgit. Mais de telles images sont rares en vérité : toutes les autres qu'il signe montrent les scènes les plus ordinaires, les plus paisibles de la vie quotidienne. Ce sont des cartes postales enluminées par des artistes locaux. Les peignant, ces derniers leur donnent les couleurs exactes des anciennes estampes de leur tradition et à l'univers de Beato ils offrent la mémoire même d'un art que sans doute le photographe ignore mais qu'à son insu il illustre à son tour. Ainsi s'invente la photographie japonaise.

Beato vit vingt ans au Japon. Il y connaît le succès, la notoriété, puis vend son studio à un baron autrichien, un certain Raimund von Stillfried, qui lui ressemble beaucoup et qui fera fructifier ses affaires et survivre son art. Et un jour, sans que personne ne sache vraiment pourquoi, Beato s'en va, vit le rêve sanglant et poussiéreux d'une dernière aventure avec l'armée anglaise au Soudan puis se fait marchand d'antiquités, se retire des affaires, s'installe en Birmanie pour y finir sa vie.

Son nom le dit : Felice Beato fut deux fois heureux, heureux d'avoir vu deux fois le monde, une fois d'abord dans son inexpiable horreur et une fois ensuite dans toute son irrémissible splendeur.

5

À quoi ressemble un homme qui a vu deux fois le monde ? À n'importe qui, sans doute. Et certainement, rien ne s'inscrit de cette expérience sur son visage.

Sur le cliché qui le représente à Shanghai en 1943, Yosuke Yamahata a cet air d'éternel étudiant que conservent souvent les Japonais. Il faut dire qu'il n'est âgé que de vingt-six ans. Le pantalon de golf de son uniforme, le casque colonial qui l'abrite du soleil vertical, son appareil photographique avec sa musette militaire en bandoulière, ses lunettes rondes le font ressembler au héros adolescent d'une bande dessinée ou bien d'un vieux film démodé. Sur un autre portrait à peu près contemporain du précédent, on dirait pourtant un autre homme : tête nue, cheveux au vent, mains posées sur les hanches, le lourd Leica pendu au cou, avec une certaine affectation de virilité romantique comme en ont les tout jeunes gens. Mais il n'y a aucune raison de penser que quoique ce soit ait vraiment changé de l'une à l'autre de ces images, que la seconde soit seulement postérieure à la première et que la pose qu'y prend Yamahata exprime le secret d'une expérience nouvelle. Chacun a mille visages et aucun n'est le vrai. Personne ne ressemble jamais à l'un ou l'autre de ses portraits.

Yosuke est de la famille. Son père est le lointain héritier de ces artistes japonais qui, un demi-siècle auparavant, apprirent leur métier de Felice Beato ou bien de Raimund von Stillfried. En 1915, il a fondé une entreprise photographique qui, la prospérité aidant, installe ses bureaux, ses ateliers à Tôkyô puis ouvre encore une succursale à Osaka, s'affirmant ainsi comme l'une des principales du pays. En 1937, l'armée impériale lui attribue le grade de colonel et le nomme à la tête de la section photographique rattachée au Bureau des informations. Disons qu'il dirige désormais, et tout au long de ce que nous nommons étrangement la guerre du Pacifique, l'un des principaux outils de la propagande militaire, retournant contre l'Occident l'arme photographique dont Brown fit le premier usage contre le

Japon, illustrant en images violentes et épiques la longue légende cruelle des troupes impériales prenant avec sauvagerie possession des terres d'Asie.

6

Yosuke a reçu, pour son dix-huitième anniversaire, son premier Leica. L'année suivante, il
quitte l'université Hosei de Tôkyô, abandonne
ses études et devient photographe pour le compte
du Bureau des informations que dirige son père.
Il reçoit la mission d'accompagner les forces de
la marine japonaise au cours de leurs missions sur
les champs de bataille d'Asie. Selon notre termi-
nologie moderne, il est un « journaliste embar-
qué ». Entre 1941 et 1944, on l'envoie à Singa-
pour, en Malaisie, en Chine et sur d'autres
théâtres d'opérations encore.

Les notices biographiques qui concernent
Yosuke Yamahata sont relativement évasives sur
ces trois années de guerre. Elles ne disent rien de
très précis des atrocités dont Yamahata a nécessairement été le témoin, le complice : le drapeau

au soleil rouge planté un peu partout, porté de force sur le territoire des anciennes colonies françaises, anglaises ou hollandaises, les bombardements, les villes dévastées, la violence d'une administration nouvelle bien décidée à exploiter le butin que l'avantage des armes lui livre. Et puis l'horreur redoublée de la guerre : les massacres gratuits, les exécutions sommaires, toute la crapulerie ordinaire paradant soudain sous l'uniforme, les crimes sans nom destinés à intimider l'adversaire, à humilier le vaincu, à terroriser le témoin. Tout ce que l'on sait depuis, plus ou moins, mais que l'histoire officielle japonaise a tant tardé à admettre qu'aujourd'hui encore elle ne le concède qu'à contrecœur et avec d'infinies réserves : le nationalisme ivre de lui-même, le mépris sans scrupules de tous les autres peuples d'Asie promis à une servitude sauvage. Je veux dire les innombrables exécutions, les viols collectifs, les déportations massives, la mise en place d'un système concentrationnaire qui a peu à envier à celui qu'organisaient à la même époque les nazis et qui, sur lui, a eu l'avantage d'une discrétion certaine et durable. En un mot : le point extrême de la barbarie ordinaire, que l'armée japonaise a atteint, par exemple en Chine.

Tout cela, Yosuke Yamahata l'a très vraisemblablement vu. Il n'est pas possible qu'il ne l'ait
pas connu. Ses photographies n'en montrent rien,
pourtant.

7

Le 6 août 1945, à 8 h 15, la première bombe
atomique de l'Histoire, larguée d'un B-29 piloté
par le colonel Paul Tibbets, atteint sa cible, la
cité d'Hiroshima. On sait — puisque tous les
manuels d'histoire l'expliquent et le répètent de
par le monde — que la décision d'atomiser la
ville constituait une nécessité militaire, que le
Japon était disposé à ne jamais capituler, à résis-
ter fanatiquement à toute forme d'attaque con-
ventionnelle et que le débarquement des troupes
américaines aurait causé un bain de sang sans
comparaison aucune avec les conséquences du
bombardement nucléaire. On sait tout cela, et
c'est un mensonge.

Avant même que la décision soit prise d'utiliser la bombe, le Japon est sur le point de s'effondrer : la défaite a tourné à la débandade, le pays

est à bout de forces et espère comme une déli-vrance la capitulation. La diplomatie japonaise multiplie les messages destinés à l'administration américaine afin de lui faire savoir qu'elle est prête à négocier immédiatement la fin des hosti-lités, aux conditions fixées par le vainqueur, sous réserve qu'on lui laisse seulement sauver la face. Tous les rapports que reçoit le président Truman sur son bureau de la Maison-Blanche concordent et disent que la guerre est déjà gagnée. Aucun ne parvient à le convaincre de renoncer à expéri-menter l'arme nucléaire sur les populations civiles du Japon. Sept des savants impliqués dans le projet Manhattan prennent position contre l'usage de leur invention, mettant en garde le pouvoir américain contre les conséquences in-considérées de sa trop probable décision. Dans les rangs alliés, les plus hautes autorités mili-taires, les généraux Eisenhower ou Ismay, l'ami-ral Leahy désapprouvent la décision présiden-tielle : ils savent qu'aucune nécessité stratégique ne peut justifier l'emploi d'une arme qu'ils jugent eux-mêmes aveugle, barbare et dont ils devinent que les victimes se compteront par milliers. Mais, lorsque l'arme secrète est essayée, le 16 juillet, quelque part dans un désert du Sud américain, tout est déjà joué.

C'est en toute connaissance de cause que le président des États-Unis donne l'ordre de commettre ce qui restera sans doute — et jusqu'à ce qu'on s'avise un jour de faire mieux — comme le plus grand crime de guerre de l'Histoire.

8

La veille du jour où explose la première bombe nucléaire de l'Histoire — la veille de ce 6 août qui, étrangement, est aussi sa date anniversaire, celle de ses vingt-huit ans — Yosuke Yamahata passe rapidement par Hiroshima, en route pour sa nouvelle affectation, la garnison de Hakata. On l'assigne comme photographe auprès des troupes basées dans la préfecture de Fukuoka, située sur Kyûshû, la plus méridionale des grandes îles du Japon. Il parvient à son poste à l'heure où se propagent dans le pays les premières rumeurs concernant le sort d'Hiroshima.

Au même moment, averti des destructions sans précédent que vient de causer l'arme dite d'un « nouveau style », le gouvernement japonais tente une dernière démarche désespérée en contactant la diplomatie soviétique pour qu'elle intercède auprès de la présidence américaine et obtienne d'elle la fin immédiate des hostilités. Mais la seule réponse de Staline est l'entrée en guerre officielle de son pays, et les forces de l'Armée rouge reçoivent l'ordre d'envahir la Mandchourie. Truman commande alors qu'une seconde bombe soit larguée sur le Japon. Le B-29 qui décolle a pour mission de frapper la ville de Kokura mais, en cette journée du 9 août, les conditions météorologiques sont telles qu'il doit se détourner de sa cible primitive et met le cap sur la cité de Nagasaki qu'il survole en fin de matinée. La couche nuageuse est si épaisse qu'elle interdit toute visibilité. Épuisant ses réserves de carburant, l'appareil américain est sur le point de renoncer quand, soudain, le ciel se dégage et, à la faveur d'une éclaircie, les pilotes, repérant sous eux le dessin de la cité choisie, larguent leur bombe.

La nouvelle de l'explosion parvient à Hakata vers l'heure de midi. Nagasaki n'est éloignée que de cent soixante kilomètres. De ses supérieurs immédiats, Yosuke Yamahata reçoit l'ordre de se porter aussitôt sur place afin de recueillir les documents photographiques témoignant de l'explosion. Quatre hommes l'accompagnent dans sa mission. Étrangement, l'un d'entre eux est peintre et un autre écrivain. On ignore tout (et jusqu'à leur nom) des deux derniers soldats. Et l'on ne sait pas si c'est à dessein (on en doute) que les autorités japonaises ont dépêché ainsi trois artistes sur les lieux de la catastrophe ou si ce fut seulement l'effet du hasard.

9

Il y a des expériences auxquelles sans doute rien ne prépare, pas même la routine meurtrière de plusieurs années passées à côtoyer des crimes. De la chose exacte que désigne l'expression « bombe d'un nouveau style », alors qu'ils se dirigent vers Nagasaki, Yamahata et ses camarades ne peuvent rien savoir : les seules consignes diffusées par les autorités militaires auprès des troupes enjoignent les soldats de se protéger des effets de l'arme inconnue en s'abritant sous des couvertures. C'est tout.

La désorganisation est totale. Et c'est dans un pays presque paralysé qu'il faut progresser. Douze heures sont nécessaires à la mission pour couvrir en chemin de fer la toute petite distance qui sépare Hakata de Nagasaki. À trois heures du matin, le lendemain de l'explosion, Yamahata parvient à la gare de Michino-o, la dernière station avant le terminus, là où la ligne désormais s'interrompt. Plus loin, c'est le noir, le grand noir vif et froid de la nuit sur laquelle, Yamahata s'en souvient, brillent toutes sortes d'étoiles limpides. Une route descend vers la ville et conduit jusqu'aux usines d'armement, propriété de la puissante et prospère firme Mitsubishi. Les bâtiments sont en ruine. Aux portes se tiennent encore quelques sentinelles qui marquent l'extrême limite au-delà de laquelle plus rien n'existe et qui pointent du doigt, à l'intention des nouveaux venus, s'ils les interrogent, le vide impensable et obscur qui, là-bas, s'est soudainement ouvert dans le monde.

Yamahata ne raconte rien des pensées qui traversaient son esprit alors qu'il descendait vers la ville. Il dit juste le souffle chaud qui doucement émanait de la terre, l'haleine tiède et sans odeur venant de l'abîme, le vaste néant qu'il ne voyait pas mais vers lequel la pente le guidait. Dans le noir, dit-il, s'allumaient par instants de petites flammes bleues qui passaient sur l'horizon absent et puis s'éteignaient, phosphorescences fugaces glissant vers nulle part, s'évanouissant en vain, des feux follets comme il en existe, dit-on, dans

tous les cimetières mais dont le nombre impensable, cette nuit-là, illuminait, sous les étoiles,
l'extraordinaire silence du lointain gris où agoni-
saient des vivants par milliers.

10

Yamahata était là, avançant à grands pas, marchant sans rien voir le long d'une route qui doucement s'effaçait, s'enfonçant dans une matière de plus en plus poudreuse, faite de cendres et d'où sortait par endroits, comme des décombres mous et noircis sur lesquels le pied trébuchait, la masse spongieuse de quelques cadavres agglomérés. Plus rien n'existait que cette grande plaine de poussière presque uniforme étendue partout sous le ciel de la nuit avec parfois les silhouettes encore indiscernables de bâtiments effondrés, maisons allongées sur le sol avec leur toiture repliée sur elle-même ou bien le vestige encore inexplicablement dressé d'un ouvrage épargné par le souffle et dont tenaient miraculeusement la charpente, l'une ou l'autre de ses façades, adossées au vide d'un édifice évanoui.

De tout cela commençaient à sortir des voix, gémissantes, implorantes, n'ayant parfois même plus l'énergie d'articuler un appel à l'aide. On les entendait, assourdies par l'épuisement, sinistres et semblant monter de la terre, cette terre de cendre et de poussière à laquelle les corps des victimes agonisantes avaient perdu la force ou la volonté de s'arracher, se confondant désormais avec elle : des voix venant de partout à la fois, paroles de souffrance et de désolation insituables dans le noir de la nuit, phrases fantômes flottant sur l'horreur d'une fosse refermée d'un coup sur les vivants. Elles (les voix) parlaient depuis plus de douze heures : il y avait eu d'abord le bruit inimaginable de l'explosion — *le pi-ka-don !* dont se souviennent les survivants — puis le silence sidéré qui l'avait suivi, et sans doute ensuite encore les appels au secours, les victimes brûlées vives ou coincées sous les décombres et cherchant à indiquer leur présence aux sauveteurs. Mais personne n'était venu. Les voix avaient parlé moins fort. Les cris avaient cessé. La nuit était tombée. Et tout s'était tu.

Ainsi, il y avait eu le silence à nouveau. Et depuis, le chuchotement terrible. Car à mesure qu'il avançait à tâtons parmi les décombres, Yamahata entendait les voix renaître à son approche, suscitées par un regain d'espoir ou bien de haine dont il était la cause : lui, scandaleusement vivant, passant debout au milieu d'une catastrophe où toute chose avait perdu sa forme, lui, s'asseyant parmi les ruines, allumant une cigarette. Sain et sauf, et attendant l'aube.

11

Fumant cigarette après cigarette, Yamahata attendait, parmi les ombres et les voix, que la nuit s'achève. Quelque part, un peu à l'écart, insuffisamment loin cependant de tous les corps que la mort avait mêlés à la terre et dont certains imploraient une aide impossible, il s'est allongé un peu, le visage tourné vers l'est, en direction du point d'où, pensait-il, finirait par sortir le soleil. Sans doute désirait-il profiter d'un dernier répit, reprendre un peu de force avant que l'aube ne fasse se lever toute cette obscurité couchée sur le monde, collée à lui, avant qu'elle le prive — lui et non le monde qui ne s'en souciait plus — de la protection que lui assurait encore l'impénétrable épaisseur du noir tout autour, le laissant seul sous la lumière : au milieu du grand désert dévasté de l'impensable.

J'imagine Yamahata au cours des deux ou trois heures qui, ce matin-là, précédèrent le lever du soleil. Avait-il peur ? Je ne crois pas. Il devait juste savoir qu'il serait en un sens le tout premier à voir. Quoi ? Il ne le savait pas. Il aurait été incapable de se le représenter mais une irrémédiable certitude se tenait droit devant lui et elle rendait étrangement dense soudain le temps de sa vie. Le grand calme profond de la nuit l'entourait. Parfois, avec l'immense fatigue du voyage, ses paupières tombaient, son menton glissait sur sa poitrine, tirait durement sur sa nuque, et la chute de sa tête sur une épaule ou bien l'autre le sortait aussitôt du sommeil infinitésimal où il s'était laissé aller. Et c'est toujours dans le même cauchemar tranquille qu'il se réveillait ensuite : attendant ce qui viendrait.

Enfin, le soleil s'est levé. Il y a eu les grandes traînées habituelles de couleurs vives qui déchirent horizontalement le ventre d'encre du ciel et lui font au flanc de longues plaies inégales, roses, rouges et jaunes, d'où dégouline la matière encore informe du jour, lourde, tombant par taches sur la terre, la lumière investissant doucement le paysage et s'accrochant à tel ou tel de ses reliefs jusqu'à ce que — et personne ne peut jamais saisir l'instant exact où la chose se produit enfin — les morceaux épars du monde se rejoignent et recomposent le spectacle ordinaire de la vie. Ce qu'il voyait ? En un mot, toute la fade poésie céleste qui indique au regard le perpétuel recommencement du temps.

12

Une belle journée commençait sur Nagasaki, le temps idéal, celui dont rêvent tous les photographes : l'azur limpide, la promesse de la lumière la plus simple descendant toute droite sur les choses et, d'heure en heure, la course calculable du soleil à travers le ciel sans nuages. Tous les signes indiquaient qu'un soleil de plomb pèserait pour plusieurs heures sur la ville : c'était un soleil « sans pitié », se souvient Yamahata. Il n'y avait pas de souci du tout à se faire. Il suffisait de se mettre maintenant au travail.

Yamahata a dû charger alors son Leica, s'assurer dans sa musette de la présence des rouleaux de pellicule qui lui seraient nécessaires. J'imagine encore qu'il a vérifié le bon fonctionnement de son appareil, qu'il n'a pas voulu faire confiance à ses automatismes bien rodés de professionnel. Il a passé en revue toute la mécanique, monté et démonté les objectifs, contrôlé que le film était correctement enclenché. Plusieurs fois, peut-être. Un photographe connaît son métier. Quel que soit le spectacle qui l'attendait, il avait reçu l'ordre d'en tirer la matière ordinaire d'un bon reportage : assez d'images expressives pour documenter la barbarie de l'adversaire et le courage de ses victimes. Une fois qu'on en a appris les règles, il n'y a rien de plus facile que tout le protocole de la propagande.

Le temps que Yamahata mette en ordre son matériel, une clarté splendide s'était établie sur Nagasaki. Il (le photographe) a levé la tête, cherchant à repérer dans le panorama le site où il s'installerait afin d'y faire les meilleures images. Mais le paysage ne ressemblait à rien qu'il ait connu. On n'y distinguait plus aucun signe de ce qu'il avait été. Même l'épicentre de l'explosion était indiscernable. Le livre de l'Histoire avait été ouvert — soufflé par un vent impensable — à une page nouvelle, grise comme la cendre. Et sur cette cendre-là, aucune lettre n'avait laissé sa forme.

Alors, dans ce grand gris, brûlant déjà sous le soleil du matin, Yamahata s'est avancé.

13

Beaucoup de témoignages nous restent du lendemain de la destruction que connurent Hiroshima et Nagasaki. Ce qu'ils disent est toujours
identique.

Une idée fausse et rassurante court un peu
partout. Elle veut que la mort atomique soit la
plus douce, qu'elle consiste en l'anéantissement
immédiat du corps et de l'esprit, que la force in-
candescente du souffle frappe avec tant de rapi-
dité que la conscience et la sensibilité se trouvent, en quelque sorte, prises de court : on meurt
sans le savoir ni le sentir, se dissipant instantanément dans la flamme presque abstraite d'un
grand éclair. Bien sûr, rien n'est plus inexact.
Quelle que soit la forme qu'elle emprunte, la
mort est partout semblable à elle-même, sale,
malfaisante, insensible, cruelle, absurde, parfois

grotesque : elle souille, torture, humilie, déchire le cœur, dévaste la chair, et c'est seulement une fois cette longue besogne accomplie, qu'elle laisse en paix ceux qui furent des vivants.

Personne ne peut dire combien de personnes à Hiroshima ou à Nagasaki connurent la grâce effective d'une mort immédiate intervenant dans la seconde même de l'explosion : entre le moment de l'éclair et celui du tonnerre. Certains estiment que le nombre des blessés fut largement supérieur à celui des morts. L'agonie dura quelques heures, quelques jours, quelques mois, quelques annnées. On sait comment, pour ceux qu'on nomme les *hibakusha*, cette agonie finit par se confondre avec le temps de leur vie : une vie passée dans la semi-clandestinité honteuse, à supporter la disgrâce d'un corps ou d'un visage défait, attendant que le travail final du cancer vienne parachever toute cette somme de souffrances, d'humiliations, lui donner la forme bien ronde et consolante d'une mort tout ordinaire survenant dans le contexte techniquement médicalisé de tel ou tel service oncologique.

On estime à soixante-dix mille le nombre de ceux qui moururent à Nagasaki le jour ou les semaines qui suivirent le bombardement du 9 août

1945. Le nombre de ceux qui succombèrent aux effets de l'explosion au cours des cinq années suivantes est identique. D'ailleurs, à quoi bon compter ? La vérité n'est pas statistique : elle n'est jamais affaire de chiffres.

14

Les nombreux témoignages qui nous restent des lendemains d'Hiroshima ou de Nagasaki montrent la même image d'un monde dévasté mais où l'horreur reste pathétiquement vivante.

D'abord, il y eut tout l'arbitraire atroce du désastre, opérant sans logique avec toute la force déchaînée d'une violence dépourvue de but, frappant les uns, épargnant les autres et puis changeant d'idée tout à coup, se ravisant sans raison, terrassant ceux qui semblaient sauvés (et qui, sans qu'aucun symptôme les ait affectés, tombaient subitement morts) ou bien laissant vivre ceux qui paraissaient condamnés par la gravité de leurs blessures (et qui doucement reprenaient des forces alors qu'on les avait donnés pour perdus). Les maisons les plus solides s'écroulaient sur leurs habitants quand il suffisait parfois d'un pan de toit, d'une plaque de zinc pour réfléchir l'éclair nucléaire et garantir le corps des radiations. Les bâtiments prenaient feu comme des torches trempées dans l'essence et l'incendie se propageait au hasard. Dans le ciel tout obscurci encore de fumée tournaient par centaines, comme de grands oiseaux noirs, des débris semblables à de petits obus et qui, une fois leur course achevée, retombaient en flèches sur le sol. Un séisme insensé avait tout effacé.

Tout cela, les rivières gorgées de cadavres, le bitume et la pierre littéralement liquéfiés, la chair vaporisée, les ombres fixées sur le mur, les corps carbonisés sur place, les brasiers, les décombres, la pluie noire, le monde déformé comme sous l'effet d'une imagination malade, le décor sens dessus dessous de la réalité. Et ensuite, avançant sans plus savoir vers où, le cortège des corps nus, vêtements soufflés par l'explosion, au sexe indiscernable, formes déjà gonflées et tordues comme sous l'effet d'une tumeur généralisée, grossie en l'espace de quelques instants et donnant aux silhouettes un tour pitoyable et grotesque. Ceux qui le pouvaient marchaient parmi les décombres, incessamment, comme s'ils avaient pu ainsi laisser leur douleur derrière eux : aveugles, accrochés les uns aux autres, le derme tatoué de dessins baroques par l'éclair, criblé d'éclats de verre tintinnabulant comme une crécelle à chaque pas. Ainsi allaient les survivants.

15

Ce serait une collection d'horreurs et elle n'intéresserait que les amateurs de monstres. On peut leur donner aussi le nom de merveilles. (Ainsi nommait-on autrefois toutes les choses inaccessibles à l'entendement : prodiges, signes pour rien, miracles vains accomplis par une Providence déréglée, objets nus d'étonnement et d'effroi.) Mais la part la plus merveilleuse était autre, tenant à ce qui restait ce jour-là de proprement, d'irréductiblement humain dans l'expérience de la déréliction la plus totale et se maintenait magnifiquement vivant chez chaque victime. Tous ceux qui souffrirent furent des merveilles semblables.

Il y a eu tout cela : une femme aux paupières clouées par les tranchants d'un tesson, une autre les seins splendidement bleus teints sous la peau de la couleur du verre fondu, un homme éventré qui marche en tenant ses intestins dans ses mains, le derme soudainement détendu se détachant des membres et pendant comme un vêtement trop large, toute la prodigieuse inventivité du mal s'acharnant sur les visages, yeux sortis de leurs orbites et pendant sur la joue, cicatrices laissant voir l'os ou la profondeur du crâne. Et puis, la grande fatigue accablant tous les corps, la chair qui se couvre de signes noirs, la peau qui prend l'apparence du cuir, les traits du visage qui se fixent en grimace, les cheveux qui tombent d'un coup. Et encore, les blessés qui s'éveillent après la sieste dans une diarrhée de sang et d'excréments mêlés, ceux qui travaillent dans leur coin à extraire de leurs plaies les fragments de verre, de métal ou les insectes qui grouillent et ceux qui n'en ont même plus la force. Il y a eu tout cela aussi : la panique sans fond de voir soudainement enfuie la forme même du monde et de ne plus savoir où sont passés, dans ce chaos, ceux qu'on aime, la course folle parmi les ruines, les débris que l'on fouille avec ses mains pour ne plus y trouver qu'un cadavre, le désir et la peur de retrouver un enfant, une femme, un mari parmi la foule des fantômes errant dans la ville, la honte enfin d'avoir renoncé à chercher.

Et tout cela, que racontèrent Tamiki Hara ou bien Keiji Nakazawa, quelques-uns se sont trouvés là pour le voir.

16

Il y a eu tout cela vers quoi, à l'aube du 10 août 1945, avançait Yosuke Yamahata.

Personne ne peut dire exactement le chemin qu'il suivit. Lui-même semble ne pas s'en souvenir tout à fait. La gare de Michino-o où il débarqua se trouve au nord de Nagasaki mais les arsenaux de Mitsubishi, le quartier général des forces militaires qu'il atteignit après deux heures de marche, la colline où, attendant l'aube, il passa la nuit, se situaient à l'extrême sud de la cité. Et cela signifie que Yamahata, progressant dans le noir, sans savoir vers où il allait, sans rien voir de ce qui l'entourait, a dû passer par le cœur même de la ville détruite en ne réalisant pas le carnage et le chaos qu'il traversait. Au reste, les quelques récits que Yamahata rapporta de Nagasaki n'éclairent rien : ils sont pleins de lacunes et de contradictions. Quant aux photographies elles-mêmes, aucune indication n'a été conservée qui indiquerait l'ordre dans lequel elles ont été prises.

Je crois que Yamahata, ce matin-là, se trouvait tout à fait perdu, comme dans un songe, et que, se levant, le jour ne fit pour lui que substituer un rêve à un autre. C'est dans ce songe qu'il avançait avec l'enfantine confiance qui fait ne s'étonner de rien lorsqu'on se croit protégé du monde par la couverture épaisse du sommeil posée sur ses épaules, sachant qu'il sera toujours temps de se retourner sur l'oreiller et, ouvrant les yeux dans le noir, d'effacer d'un simple mouvement de sa volonté toutes les images sans gravité du cauchemar.

Ce jour-là, Yamahata dut éprouver à quel point paraissent irréelles les choses les plus vraies et comment l'incroyable, lorsqu'on le rencontre, a toujours l'apparence du déjà-vu. La lumière calme se lève sur un paysage aux allures de décor. Et tout ce qui vient vers vous vérifie seulement votre rêve le plus ancien, celui à l'intérieur duquel, enfant, chaque nuit, vous avanciez, immobile, sous la clarté inexplicable d'un soleil fixe.

17

Les photographies prises par Yamahata peignent le panorama le plus désolé : un désert soudain s'étendant à perte de vue. Le noir et blanc de la pellicule a perdu presque toutes ses qualités de contraste : du sol au ciel, il n'y a plus que des nuances de gris, depuis la cendre jusqu'à la fumée. Tout a été rasé. Le seul relief qui subsiste, presque indiscernable dans la vapeur épaisse, est celui de la montagne, à l'horizon, dont le versant a été comme creusé par l'explosion. Le format panoramique des images vient renforcer l'impression oppressante que ce spectacle produit : c'est comme si la fatalité d'une implacable horizontalité s'était tout à coup abattue sur le monde. Plus rien ne se tient debout. Et toute chose qui se dresse encore — qu'il s'agisse de la silhouette dans un coin d'un homme, d'un arbre, d'un poteau électrique ou bien, au loin, l'alignement inattendu de quelques cheminées d'usine —, toute chose encore sur ses pieds ressemble à une aberration : un signe impossible tracé à contre-sens de tous les autres, une offense absurde et vaine faite aux lois nouvelles de la nature.

La porte (le *torii*) d'un temple n'est pas tombée. Elle se tient miraculeusement intacte au milieu de nulle part. On peut deviner encore les idéo-grammes gravés sur chacun des deux piliers, sur-plombés par l'arc parfait aux extrémités tour-nées vers le ciel. Un seuil s'ouvre là. Mais il n'y a plus ni dedans ni dehors, ni devant ni derrière. Le temple a disparu en fumée et tout le quartier à l'entour. Seule reste cette porte donnant sur le vide et qui dessine comme un cadre plus petit à l'intérieur du cadre de la photographie. En chi-nois — et donc en japonais —, l'idéogramme à l'aide duquel on signifie « question » emprunte son dessin à la forme rituelle du *torii*. Ce dernier mot, suspendu sans réponse, flotte dans le silence calciné de la cité.

La ligne de chemin de fer est ce qui a le mieux résisté au désastre : impraticable sous les décom-bres mais inexplicablement en place. Les rails passent, rectilignes, à travers le chaos et filent vers ailleurs sous leurs portiques électriques. Plus loin, se tiennent une dizaine de cheminées d'usines, clochers sans église ou minarets minorés de leur mosquée, droits et seuls comme des fantômes immobiles veillant sur le grand chantier arrêté du néant.

18

Si le regard s'approche, un dessin apparaît sur le sol, dans la poussière et la cendre : un paysage de plage après la tempête quand la mer a vomi son magma sur le sable et que le rebut des algues regorge partout d'épaves écœurantes et obscènes. La menue monnaie des décombres tapisse le parterre de fragments de bois, de tuiles, d'acier. Et dans cet univers uniformément brisé, où tout se trouve réduit en morceaux minuscules, l'œil s'étonne quand il reconnaît, comme un vestige, une forme familière : une roue, un radiateur, une bicyclette, un bidon, un banc.

Dans ce monde en miettes se tiennent côte à côte les vivants et les morts.

Il y a d'abord un enfant, un petit garçon grave — quatre ans peut-être — photographié aux côtés de sa mère. Il semble sauf, si ce n'est quelques marques noires sur son visage. Il tient dans sa main droite une grosse boule de riz — ration de survie distribuée aux populations —, boule trop grosse, d'un blanc étrange et vif, disproportionnée entre les doigts de l'enfant. On dirait un jouet merveilleux, une balle éclatante, une boule de neige. L'objet l'embarrasse. L'enfant a perdu l'appétit de jouer. Il regarde devant lui.

Il y a cette splendide jeune fille souriante que la providence d'un simple abri antiaérien a suffi à sauver. Au moment de la photographie, elle sort tout juste la tête d'une trappe ouverte dans le sol et elle sourit à l'objectif. Quelque chose de proprement irréel illumine son sourire. On dirait qu'elle n'a pas compris encore ce qu'il est vraiment advenu du monde à la surface duquel elle revient et qu'il n'y a plus rien autour d'elle. Dans un instant, elle va lever les yeux, son regard va faire le tour de l'horizon détruit. Il lui faudra quelques secondes encore pour réaliser. Et la grâce scandaleuse de son sourire se sera effacée.

Ou bien elle sait déjà et elle sourit seulement à sa chance, au miracle inexcusable d'être en vie. Et elle a raison, naturellement.

19

Le sol que photographie Yamahata est jonché de cadavres : comme des objets insolites qui ont presque perdu leur faculté d'émouvoir, morceaux de matière noircie auxquels la combustion de la chair a donné une apparence presque abstraite. L'intensité de la chaleur nucléaire a tout carbonisé d'un coup : les corps semblent appartenir aux victimes d'une catastrophe très ancienne, morts vieux de quelques millénaires, fossiles ou bien momies que la terre, par une fantaisie soudaine, aurait rendus à l'air libre. En quelques heures, sur ces dépouilles, tout le temps irréversible a passé. Il n'y a plus rien d'humain en elles, sinon le détail pathétique d'une posture inattendue qui les rattache un peu à la vie. Ce corps à plat ventre : l'éclair nucléaire en a frappé le sommet. La tête a éclaté. Ce qu'il en reste n'est plus qu'un bloc charbonneux près de la masse informe des épaules. Mais le compas des deux jambes allongées est intact, avec à l'un des pieds une chaussure en parfait état. Ou bien cet autre : fragile silhouette de cendres sur laquelle il suffirait de souffler pour tout disperser et la rendre au néant. Un enfant, certainement : la parfaite régularité des traits fixée par la combustion instantanée du visage et, surtout, l'attitude, les deux bras repliés sur la poitrine, la main gauche qui retombe vers le sol en un geste d'une insupportable délicatesse. Et puis tous les autres : ceux qui n'ont pas eu la chance de mourir dans l'instant, qui se sont traînés dans un coin, se sont allongés comme ils le pouvaient, se sont dit que tout cela allait simplement passer, que bientôt quelqu'un viendrait à leur aide, les yeux clos, leurs visages de suie, bouche ouverte, le blanc des dents bien visible comme en une grimace morbide.

Mais les photographies les plus énigmatiques sont celles où cohabitent les vivants et les morts. Il y a cette jeune femme qui se tient étrangement sur le bord extrême du cadre et qui regarde vers la droite. On dirait qu'elle attend quelqu'un, qu'elle se tient sur le seuil de sa maison disparue et qu'elle se demande, inquiète, pourquoi ceux qu'elle aime tardent tant à rentrer aujourd'hui, quel peut bien être le contretemps qui les tient éloignés de chez eux. Ils vont être en retard pour l'heure du dîner. Et derrière elle, juste dans son dos, sur le sol, parmi les décombres, un cadavre bien distinct est couché parmi les gravats : crâne grotesque, tête de mort aux mâchoires ouvertes et à laquelle il n'est plus possible déjà de donner un nom.

20

Ou bien, et cette image est très célèbre : deux
garçons. L'un porte l'autre. Le premier, l'aîné est
vivant. Le second est mourant. Peut-être, en
vérité, est-il déjà mort. Pourtant, le grand frère
ne tient pas le petit entre ses bras comme on le
ferait d'un blessé ou d'un cadavre. Il l'a simplement chargé sur son dos comme c'est l'usage
dans toutes les cours de récréation du monde
pour faire le cheval. C'est cela : il joue encore un
peu avec lui. Et le petit lui demande : encore un
dernier tour, s'il te plaît, un dernier avant la
grande ronde parmi les ombres à jamais. Et
l'autre répond : oui, un tout dernier tour, petit
frère, ne crains rien, je te porte sur mes épaules,
je ne te laisse pas. Et comme il s'accroche, l'enfant mort, aux épaules de son grand frère ! Il ne
veut pas le lâcher et qu'on le dépose avec tous les
autres, qu'on l'allonge avec les fantômes, il veut

galoper encore un peu dans le lointain, que la cloche ne sonne pas, que ne vienne pas l'heure de la dure étude parmi les morts.

Tous les deux — le cadet et l'aîné, le vivant et le mort — regardent l'objectif. Ils ne savent pas du tout où ils vont. Yamahata les a arrêtés. Il se tient devant eux, leur barre le chemin. Pour documenter les effets différents de l'arme nouvelle sur ses victimes, il veut sur l'une de ses photographies le contraste des deux visages : l'un tout à fait épargné, l'autre tout criblé de noir. Yamahata est en uniforme et commande au garçon de s'immobiliser, de prendre la pose. Sans doute parle-t-il sans douceur. Et le garçon obéit. Il sourirait presque. C'est ainsi que l'image le fixe en tout cas.

Une photographie ne suffit pas à Yamahata. Pour plus de sûreté, il la double. Ensuite, seulement, il laisse les deux enfants, les abandonne sans un mot, et il poursuit son chemin, va vers d'autres corps sur lesquels il s'arrête encore. Ou bien il les néglige, il en a vu déjà tant, tous identiques au fond, blocs charbonneux, chairs pâles tatouées de noir. Maintenant, il épargne sa pellicule, se conserve la réserve de quelques clichés au cas où, parmi les ruines, il rencontrerait la forme inaperçue d'un détail insolite. Disons-le : pittoresque.

21

Muga-muchu signifie « sans conscience ». C'est-à-dire : dépourvu de moi, livré au vide, perdu dans l'extase d'un anéantissement où s'abolit toute certitude d'être encore quelqu'un. Mais aussi (en français tout au moins) : affranchi du jugement moral, débarrassé de tout souci du bien ou du mal. Telle est l'expression dont usèrent la plupart des survivants pour indiquer l'état d'abattement et de sidération sans attaches dans lequel les avait laissés la catastrophe nucléaire.

Dans tous les regards qu'a fixés Yamahata, on peut voir le même grand vide calme et inexpressif. Comme si la commotion avait uniformément plongé les êtres dans un état comateux unique, un sommeil silencieux s'étendant sur le monde et absorbant tout dans sa seule épaisseur de rêve. Il n'y a plus rien, nulle part. Certainement, la fin du monde a eu lieu et, si des fantômes de souffrance s'attardent encore sur terre, ils n'en ont plus pour bien longtemps. La paix des choses insensibles va revenir et régner partout. Comme une neige grise tombant régulièrement du ciel, effaçant tout sous elle, la cendre s'amoncelant sur la surface d'un paysage aboli recouvrira les vivants et les morts, abandonnés ensemble à l'expérience désolée d'une liberté sans avenir, sans emploi.

À quoi pense Yamahata, tandis qu'il avance dans la poussière, passant parmi les formes incongrues du désastre ? Je l'ai dit : à rien. Il est entré avec tous les autres dans le néant intouché d'une solitude sans limites. Cette solitude marche avec lui au milieu des décombres et des cadavres. Elle lui dit à l'oreille que les appels à l'aide qu'il entend ne s'adressent pas à lui, que les corps blessés à ses pieds, une distance infranchissable les sépare de sa main, que le monde tout autour ne le concerne pas, qu'il n'existe pour lui qu'afin qu'il le voie et qu'ensuite il s'en aille. Il aurait pu mentir, s'inventer une mémoire moins scandaleuse. Mais Yamahata a toujours confié comment, dans les ruines de Nagasaki, il n'avait en vérité rien éprouvé : aucune pitié, aucune émotion, le froid fonctionnement de toutes ses capacités mentales, la plus stricte insensibilité devant le sort insoutenable auquel les autres se trouvaient livrés — mais qu'ils semblaient singulièrement supporter avec la même indifférence. Et c'est seulement plus tard que sont venues la souffrance et la honte.

22

Qu'est-ce qu'un témoin ? Quelqu'un qui a vu — malgré lui, par hasard ou bien par accident, en dépit de tout et surtout de son désir d'être ailleurs — et qui, ayant vu, doit soutenir jusqu'au bout la honte, le chagrin, la culpabilité auxquels son regard l'a lié à jamais.

L'homme qui descend de son vivant en enfer (cela existe) ne souffre pas la souffrance des autres. Il est tout au vertige de sa chute, spectateur sidéré flottant tout à coup au cœur d'une réalité que l'horreur a dénudée de sa signification et a transformée en simple support d'une stupéfaction sans valeur. Les mots se sont détachés des choses. Ils les ont laissées seules. Et elles restent là, désœuvrées, comme des épaves abandonnées dont plus rien n'indiquerait ce qu'elles ont été. Tout ce qu'il voit semble au témoin affecté d'une sensation inexpiable d'étrangeté. Et cette sensation fait grandir en lui d'un coup un sentiment auquel personne n'avait jusqu'alors pensé à donner de nom et qui, scandaleusement, ressemble à la joie autant qu'à la tristesse : l'angoisse au fond sans objet de voir le monde enfin rendu au néant, de comprendre soudainement qu'un désastre sans reste a ouvert dans la chair des choses une déchirure d'où se lève, comme d'un horizon nouveau, un soleil illuminant la liberté inutile de la vie.

Voilà ce que voit le témoin. Je veux dire : tous les signes intacts de l'écœurante, de l'insoutenable horreur mais relégués dans l'irréel, déportés dans la discrète profondeur d'une perception où toutes les proportions se perdent, où il n'y a plus rien que le tournoyant précipice vers lequel tout glisse et tout dégouline enfin. Et la victime aussi est elle-même le témoin de sa propre souffrance, autant séparée d'elle que le serait le spectateur le plus lointain, le plus cruel, le plus impavide. Elle assiste à son supplice. L'indiscutable douleur qu'il éprouve délivre à l'esprit qui se déchire l'antidote singulière d'une vision cruellement enchantée où rien, pourtant, ne se perd de l'impossible et immonde travail de l'agonie. Je veux dire que, bien sûr, tout reste en place — la panique de se voir s'en aller, séparé pour tou-

jours de qui l'on aime, son corps défait. Et bien
sûr, aucun miracle ne vient au secours du mourant. Il y a juste, cependant, la grâce incompréhensible de cette extase où tout se perd enfin.

23

Dans le vide de son cerveau, Yosuke Yamahata
ne pense à rien. Sa seule idée, il la voit au loin,
très au-devant de lui. Sans doute est-elle comme
cette lumière sur le rivage qu'un naufragé, rendu
inexplicablement léger, lucide par l'excès de la
fatigue, nageant dans la nuit, aperçoit au loin et
où s'absorbe toute autre considération du monde.
Mais même cette image banale ne se présente pas
à l'esprit de l'homme qui marche, son appareil au
cou, dans la cité détruite. Yamahata veut simplement épuiser la centaine de clichés dont il dispose et puis s'en aller. Les quelques rouleaux de
pellicule qu'il a amenés avec lui donnent par
avance une forme, une limite à l'expérience qu'il
est chargé de conduire : cent photographies, pas
davantage, à quoi bon ?

Les premiers secours sont arrivés tard dans la matinée. Yamahata photographie depuis l'aube. À midi, c'est-à-dire plus de vingt-quatre heures après l'explosion, les équipes médicales dépêchées depuis les bases militaires de la région sont enfin sur place et commencent à organiser des soins de fortune. Les moyens sont dérisoires. Il n'y a pas grand-chose, de toute façon, qui puisse être fait : on rassemble les blessés, on les abrite du soleil, les médicaments, la morphine manquent tout à fait et, sans rien pouvoir atténuer des souffrances qui crispent les corps, on enduit de teinture d'iode les brûlures, laissant de grandes traînées brillantes sur la peau déjà toute souillée de noir des victimes bariolées. Par milliers meurent partout des hommes, des femmes, des enfants, et sur la petite centaine de ceux qui reçoivent des soins dérisoires, il en est encore un grand nombre qui tout à coup se raidit et s'écroule.

Dans l'un des hôpitaux improvisés par l'armée, Yamahata prend ses toutes dernières photographies. Sur de la paille étendue à même le sol ou bien sur des matelas, des draps, les plus vulnérables des victimes ont été allongées : des enfants, des bébés accrochés au sein de leur mère, des vieillards, parfois un homme à l'air tout à fait égaré. De ces corps abandonnés, un médecin en uniforme parfois s'approche, se penche en avant, conscient de son impuissance à rien soulager de la douleur, du désastre.

24

Supposons que cela soit la toute dernière photo.

Il est presque trois heures de l'après-midi et Yamahata va quitter Nagasaki. Un train doit partir de la gare de Michino-o pour évacuer un premier convoi de blessés vers les hôpitaux militaires de la région. Par ce même train — le seul —, Yamahata rejoindra son unité de Hakata. Alors, le bout de pellicule qui reste dans le chargeur de son Leica, il se décide enfin à l'employer. Il s'approche d'un tout petit groupe de victimes auxquelles un médecin et quelques infirmières prodiguent les premiers soins.

Une mère allaite son enfant : une très jeune femme dans la splendeur de sa toute récente maternité, le torse blanc brillant entre les pans écartés de sa robe, un sein découvert auquel tête la bouche du bébé. Tous deux semblent n'avoir été que légèrement touchés : sur la joue droite de la femme, sur son magnifique visage, s'ouvre simplement la fleur rouge d'une entaille et si l'enfant semble avoir été plus sévèrement blessé au crâne, sa peau ne porte que les traces de brûlures superficielles ; il boit, avec tant d'énergie concentrée, qu'on le dirait obstinément attaché à la vie, protégé comme sa mère au cœur même du cataclysme, respirant dans l'œil sinistre du cyclone, épargné, reconstituant avec application les forces nécessaires à une seconde existence recommençant parmi les ruines.

Yamahata connaît son métier. Il sait qu'il ne doit pas laisser passer la chance d'une telle photographie. L'image est toute faite. Il lui reste juste à la prendre. Elle dit tout. Elle est la seule image recevable du désastre. De fait, elle restera la plus célèbre. L'air mélancolique, presque égaré de la jeune femme, le regard dans le vide, exprime un chagrin sans limites, immense au point d'envelopper en lui une détresse aux dimensions de l'univers. Mais le geste immémorial du sein qu'elle donne, l'abandon confiant de l'enfant dans ses bras, l'incompréhensible impression de force qui se dégage des deux corps tendrement serrés l'un contre l'autre, leur intègre et singulière beauté disent plus fort encore le désir entêté de survivre.

25

Qu'est-ce qu'un témoin ? Quelqu'un qui a vu et qui a vu deux fois, qui a éprouvé la nécessité de redoubler son regard, de laisser se répéter sa vision et qui, révisant le monde, se rend enfin à sa seule et souveraine vérité.

Le voyage qui ramène Yamahata vers Hakata dure douze heures encore. Au milieu de la nuit, le photographe regagne son logement. Il s'enferme ensuite dans sa chambre noire et procède au développement de tous ses tirages. Là, dans l'obscurité, sous l'éclairage artificiel de la lampe, au creux des bacs où trempe le papier, la routine des réactions chimiques lui restitue une à une les images qu'il a prises : la grande étendue poudreuse sous la fumée et dans le vent, la porte dressée au milieu de nulle part, les minarets dans le lointain, le corps sans tête, la silhouette de cendres, la jeune fille qui sourit sortant de terre, le jeune garçon juché sur les épaules de son frère, la mère enfin allaitant son enfant. D'où viennent les images ? De quel fond sans épaisseur sortent-elles ? À quel appel répondent-elles alors qu'elles se forment ainsi, se dessinant d'elles-mêmes dans le blanc nu des choses ?

Dans la chambre noire où, pour les faire sécher, comme du linge ou des trophées, il les suspend, Yamahata fait flotter dans le vide les images de Nagasaki. Pour la seconde fois, il les voit. Toutes ces images lui sont rendues. Et s'il n'en dit rien, on doit imaginer qu'il s'arrête enfin devant elles, que leur signification soudain lui parvient. Qu'il pleure n'est pas nécessaire. Il sent juste souffler autour de lui le grand vent calme de la vérité, celui qui, à un moment ou à un autre de chaque vie, finit toujours par se lever, laissant chacun seul dans le vide.

À quoi tient ceci ? Que la représentation de la vie soit toujours plus poignante que la vie elle-même, que l'on pleure sur un portrait et jamais sur un visage. Qu'il en soit nécessairement ainsi alors que l'intenable pathétique des images vient de la vie et seulement d'elle. Pourquoi faut-il en passer par les images afin que nous soit rendue la vérité des choses aimées parmi lesquelles nous passons ? Pourtant il en est ainsi. Et les larmes ne sont pas même nécessaires à la démonstration.

26

Pourquoi ? À cette question, la philosophie donne toutes sortes de réponses. Elle dit que l'image étant le signe de la chose, elle en rappelle à la fois la présence et l'absence. Qu'elle ne nous rend l'objet aimé qu'afin de nous signifier que nous en sommes privés. Qu'elle nous désigne sa disparition mais pour nous restituer aussitôt cela qui nous manque à jamais selon le simulacre éblouissant de son don. Et il faut le regard second qu'appelle l'image pour que nous parvienne ainsi la vérité de notre vie, offerte et dérobée à la fois.

Qu'elle nous donne la chose mais qu'elle nous la donne comme perdue : voilà ce qui fait au fond la vérité pathétique de l'image. Cela, il va de soi que Yamahata l'ignore. Tout au plus se demande-t-il — et peut-être pour la première fois — ce que signifient les photographies qui se forment sous ses yeux dans la semi-obscurité de sa chambre noire : quelle légende étrange elles ajoutent aux choses pour les rendre ainsi plus vraies que la vérité qu'elles figurent. Car tout cela, Yamahata l'exprime dans les termes plus simples du photographe pragmatique qu'il est, comprenant, oui, comprenant que si l'image est plus vraie (plus vraie parce que plus émouvante) que la réalité, c'est parce qu'elle permet seule de percevoir cette réalité dans toute sa plénitude pathétique, qu'elle nous oblige à la regarder une seconde fois, qu'elle nous la rend et qu'ainsi l'objectif mécanique de l'appareil photographique peut fixer ce que n'avait pas su voir l'œil vivant.

Et sans doute, regardant, Yamahata est-il saisi — comme nous le sommes tous après lui — par la scandaleuse beauté de cela qui se constitue lentement sous ses yeux : non pas l'inévitable harmonie graphique que confère à n'importe quel pan de la réalité le seul fait de se retrouver à plat dans les limites d'un cadre et les couleurs du noir et blanc mais, plus profond, ce quelque chose qui ouvre l'image et la tourne vers la profondeur pathétique d'une déchirure, celle du temps.

Se demander si les photographies de Yamahata sont ou non de l'art reviendrait à poser la question à l'envers. Car c'est l'art qui n'est rien s'il ne touche pas à ce dont témoignent de telles photographies.

27

Yosuke Yamahata n'est pas le héros idéal qu'il faudrait à une histoire édifiante. Il a été au service d'un régime militaire parmi les plus barbares qu'ait connus le siècle passé, vraisemblablement compromis dans des atrocités que son talent de photographe a justifiées, exaltées. De cela, je ne crois pas qu'il se soit jamais repenti.

Le hasard a fait de lui le témoin de l'impossible — mais sans doute est-ce toujours par hasard que surviennent de telles expériences —, un témoin indigne. Et très certainement, devant l'impossible, ne peut-il y avoir de témoignage que défaillant, coupable, marqué par la honte d'avoir été épargné, d'avoir survécu à la souffrance dans laquelle, sous ses yeux, le monde s'est un jour englouti.

Pour Yosuke Yamahata, Nagasaki semble n'avoir été le lieu d'aucune révélation. Du moins cette révélation ne prit-elle pas de forme attendue. Ce qu'il vit — et peut-être parce qu'il le vit deux fois — ne fit pas basculer le photographe dans l'abîme de la folie. Yamahata ne fut pas au nombre de ceux — il y en eut — qui décidèrent de se pendre, de se jeter sous un train parce qu'ils s'imaginaient que la mort seule ferait cesser l'insupportable cauchemar dans lequel la seule vision d'Hiroshima ou de Nagasaki les avait fait entrer. Yamahata ne rallia même pas la cause de la lutte antinucléaire où il aurait très vraisemblablement fait une fort avantageuse carrière : c'est toujours avec réticence, avec les plus extrêmes réserves qu'il autorisa l'utilisation de ses photographies par un mouvement pacifiste dont il ne partagea jamais l'engagement ou les convictions radicales.

Non, la paix revenue, Yamahata fut une seconde fois heureux. Il reprit simplement le fil de sa vie et celui de son métier. Il vécut le reste de son âge entre son père, son épouse, ses enfants et devint le prospère directeur d'une des principales agences de presse du Japon. Il fut même le photographe officiel de l'empereur Hirohito. Imaginet-on Goya ayant gravé les désastres de la guerre et s'en retournant peindre à la cour d'Espagne ? C'est ce que fit Yamahata.

28

Non, il y a tout lieu de penser que Yosuke Yamahata finit ses jours heureux, marié, père de famille, notable aisé jouissant d'une reconnaissance tranquille, d'une confortable et avantageuse notoriété. Pourquoi y aurait-il lieu de s'en offusquer ?

Un esprit faible attribuerait à l'existence de Yamahata la conclusion édifiante d'une moralité mauvaise. Le 6 août 1965, le jour même de son quarante-huitième anniversaire, c'est-à-dire vingt ans jour pour jour après l'explosion de la première bombe atomique sur Hiroshima, Yamahata est victime d'un très violent malaise. Quelques semaines plus tard, au retour des vacances d'été qu'il passe en famille, les médecins lui découvrent un cancer du duodénum parvenu au stade terminal. Il faudra moins d'une année à la maladie pour parachever son œuvre. Le 18 août 1966, meurt Yosuke Yamahata dont les cendres reposent au cimetière de Tama.

Que la maladie ait paru choisir le jour anniversaire du premier bombardement nucléaire pour se manifester, on peut en tirer toutes sortes de conclusions fortes mais fausses : que le cancer avait fait lentement son œuvre, grandissant depuis vingt ans dans le repli des tissus où la souffrance et la honte d'avoir survécu faisaient secrètement se déchaîner l'anarchie des cellules ; que Yamahata a voulu mourir enfin pour rejoindre toutes les victimes à l'agonie desquelles il avait assisté ; que sa mort fut volontaire et que la tumeur qui grossissait sans bruit dans son ventre fut l'instrument d'une expiation choisie. La crédulité se console avec de telles fables. Mais il n'y a aucune raison de leur accorder crédit car aucune justice n'existe et c'est toujours au hasard que la mort frappe, choisissant ses victimes parmi les innocents aussi bien que parmi les coupables.

Ses dernières photographies, Yamahata les prit quelques jours après son malaise, alors que le travail de la mort sur lui avait déjà commencé et que sans doute il en avait conscience. Ce sont des photographies de vacances. Sur la côte de l'île d'Hatsushima, elles montrent des vagues se brisant sur des rochers, leur panache d'écume. Et elles disent seulement la splendeur sans mémoire du monde.

29

Dans la vie de Yamahata, il y eut un moment
et un geste. Et c'est assez pour justifier une vie.
Ce moment où Yamahata, dans l'obscurité de son
laboratoire, les regardant pour la seconde fois,
réalisa quelles images étaient sous ses yeux et
prit la décision de les sauver. La confusion générale dans laquelle le Japon avait sombré facilita
la mise en œuvre de sa décision. À Tôkyô, où
l'ordre lui avait été donné de rapporter immédiatement ses films afin de les utiliser pour une
ultime campagne de propagande, toute forme
d'autorité avait disparu. Le 15 août, à midi, parlant à la radio de sa voix humaine mais s'expri-
mant dans le sublime langage réservé au seul fils
du ciel, l'empereur Hirohito avait annoncé au
peuple japonais la fin de la guerre.

Certaines des photographies de Yamahata, les jours qui suivirent, parurent dans quelques-uns des principaux journaux du pays : le *Asahi*, le *Mainichi*, le *Tôkyô*, le *Yomiuri*. À l'époque, elles furent les seules. Aussitôt en place, les forces d'occupation américaines frappèrent d'une mesure d'interdiction totale toute mention des bombardements nucléaires d'Hiroshima et de Nagasaki : les films réalisés furent saisis, les sites interdits aux photographes, dans les imprimeries de la presse, les caractères suspects (ceux qui, liés au vocabulaire de l'atome, auraient pu servir à évoquer le souvenir de l'événement) furent confisqués, les témoignages des victimes (Mémoires, romans, poèmes) ne trouvèrent nulle part où paraître — au reste, personne dans l'édition japonaise ne les jugeait dignes d'être imprimés : tout cela ne mérite pas le nom de littérature, n'est-ce pas ?

On connaît peu d'exemples d'une censure aussi totale. Elle dura officiellement jusqu'en 1952 mais elle exerce ses effets jusqu'à aujourd'hui. Un grand silence fut manigancé pour que s'efface jusqu'au nom et à l'image d'un événement qui, clandestinement, devint pourtant l'objet d'une des plus grandes et des plus inhumaines enquêtes à la fois militaire, médicale et scientifique jamais conduites, car, tandis que tout témoignage se trouvait interdit, l'Atomic Bomb Casualty Commission faisait comparaître devant elle tous les rescapés pour étudier sur eux les effets à long terme de l'irradiation, les traitant vivants comme des cobayes, accaparant morts leurs dépouilles. Mais qui sait cela ? Qui tient à le savoir ?

30

La censure levée, les photographies de Yamahata parurent à Tôkyô en 1952. Trois ans plus
tard, l'une d'entre elles fut choisie pour figurer
dans la célèbre exposition présentée au musée
d'Art moderne de New York et intitulée « The
Family of Man ». Elle représente l'enfant qui
tient dans sa main une boule de riz. Et il n'y a
rien d'étonnant à ce que ce soit, plutôt qu'une
autre, cette image-là, ne disant rien, strictement,
de l'horreur qui l'entoure, qui ait été choisie.

La longue nuit du néant s'est depuis toujours
allongée sur les hommes et elle fait peser son obscurité avec un poids tout particulier sur certains
lieux. Il en va ainsi à Hiroshima ou à Nagasaki.
Les photographies de Yosuke Yamahata viennent
d'une telle nuit dont elles sont impuissantes bien
sûr à faire se dissiper l'obscurité mais à l'intérieur

de laquelle il n'est pas mensonger de dire qu'elles font briller l'apparence de leur scintillement : fantômes fuyant, figures douces rappelant que tout cela a été et ce qu'il y eut de vie dans le moment même où la mort saccageait tout autour d'elle.

Du néant, personne ne veut rien savoir. Le premier regard sidère la conscience et la fait glisser dans le rien où toutes les choses aimées se perdent et s'épuisent. Il faut le second pour rappeler le monde au jour juste de la vérité. Leur conclusion manque à toutes les fables : se retournant, jetant par-dessus son épaule un premier regard, Orphée laisse s'échapper celle qu'il aime, mais peut-être aurait-il suffi d'un second regard plongé avec assez de foi dans l'obscurité pour que l'enfer dépêche à lui, non pas celle qu'il avait aimée mais au moins la bouleversante apparence d'un fantôme ami.

Qui s'en revient vers nous, du fond de l'horreur, par-delà les années, défiguré mais intègre, dans l'intacte incarnation de l'humanité la plus vraie ? Aux victimes de Nagasaki, les photographies de Yosuke Yamahata n'offrent le paradis d'aucune postérité — ce serait trop risible. Elles leur laissent juste la chance, depuis la nuit où elles sombrent, de nous adresser comme un signe déchiré et ami.

31

Et puis vient la mémoire qui bâtit ses monuments sur les fosses, fait grandir ses arcs de triomphe un peu partout où gémissaient des ruines. La ville d'Hiroshima a édifié un grand musée en souvenir du bombardement nucléaire. Je suis à peu près certain que la municipalité de Nagasaki n'a pas voulu être en reste. On s'est mis à rassembler les vestiges comme on l'aurait fait de reliques, à collecter les témoignages, récupérant toutes les miettes de la mort pour servir au spectacle d'une épopée édifiante. Il n'y a rien à redire à tout cela sinon que l'impensable insiste précisément là où la frayeur humaine fabrique ses fictions consolantes.

Pour le cinquantième anniversaire de la bombe, des journalistes entreprirent de retrouver les hommes et les femmes que Yamahata avait photographiés. Il va sans dire que très peu étaient encore en vie. Ceux qui n'avaient pas trouvé la mort à l'époque, le cancer, la vieillesse les avaient décimés depuis. La jeune mère allaitant son enfant comptait inexplicablement au nombre des survivants. Alors qu'on lui montrait l'image, vieille d'un demi-siècle, où elle — en somme magnifiquement inchangée malgré l'âge, glorieusement identique à elle-même — figurait dans toute sa splendeur anéantie d'autrefois, elle racontait comment l'enfant était mort depuis longtemps et que quelques jours avaient suffi pour que toutes ses forces l'abandonnent et qu'il se laisse enfin tout à fait dépérir.

Personne ne peut imaginer le cœur de cette femme et ce qui vivait en lui tandis que quelques inconnus lui tendaient l'image — que peut-être elle n'avait jamais vue — contenant tout ce qu'il restait désormais de son enfant perdu. Traversant toute la nappe impensable du temps, il revenait vers elle : non pas l'enfant lui-même — car rien n'aurait pu le faire revivre — mais l'enfant irrémédiablement perdu, qui ainsi lui était rendu et dont elle ne savait dire qu'une chose, que, comme tous les autres, cet enfant-là était infiniment précieux, que rien ne justifierait jamais son effacement horrible, que les années passant n'at-

ténueraient en rien le scandale nu de sa disparition. Et le regardant une seconde fois, d'un
regard qui traversait tout le temps de sa vie, la
femme — mystérieusement souriante — retour-
nait pourtant à l'enfant vivant le présent gracieux et mélancolique de son inconsolable
amour.

7

KÔBE

Se souvenir d'un rêve ancien, c'est se réveiller soudain de l'oubli dans lequel ce rêve était tombé et dont le rappel donne à toute sa vie l'apparence somnolente d'un long sommeil depuis toujours agité des mêmes images. Chacun sait d'expérience à quel point se ressemblent ces deux expériences. Ce dont on se souvient a la semblance exacte d'un rêve et, aussitôt vécu, l'événement le plus intense prend l'apparence douteuse et invérifiable d'un songe sur le point de s'effacer. Quant au rêve, il n'existe que dans le récit qu'on en reconstitue au matin : comme un souvenir rapporté d'une autre existence, ni plus ni moins vraie que la sienne, infalsifiable et légendaire. L'étonnant tient à ce que la banalité de l'expérience n'ôte rien à la faculté d'émerveillement qu'elle exerce sur chacun. Il n'y a rien de plus étrange que le souvenir d'un rêve lorsque, inexplicablement, vous revient tout à coup ce souvenir, des années et des années après la première nuit où ce rêve a d'abord été rêvé. Rien de plus étrange sinon peut-être le rêve d'un souvenir, quand, cette fois, c'est un événement depuis longtemps oublié qui se rappelle à vous sous la forme infiniment fraîche du rêve le plus récent, le plus vivant. Et l'on ne sait plus alors si ce redoublement — du rêve par le souvenir, du souvenir par le rêve — irréalise davantage l'image qui vous vient ou bien la rétablit paradoxalement dans son scintillant statut d'évidence.

Telle est l'expérience du déjà-vu, pas ce qu'on en dit, jamais l'impression d'avoir déjà vécu une scène mais la certitude de l'avoir autrefois rêvée et que la réalité vient soudain vérifier le savoir qui sommeillait dans votre cerveau depuis toujours, donnant corps ainsi à une hypothèse inouïe, heurtant toutes les règles de la raison et pourtant acceptée sans même une réflexion et comme si, au fond, elle allait de soi : que les jours de notre vie éveillée ne sont que le développement dans le temps de quelques images venues de notre nuit la plus lointaine, fixée depuis l'instant de notre naissance et que toute

notre vie a depuis toujours été déjà vécue —
achevée, accomplie, comprimée sous une forme
opaque et ramassée dans le secret de sa propre
et éternelle antériorité. Quelques images ? En
vérité, une seule suffit puisque c'est toujours la
même qui contient toutes les autres et qui s'en
revient à chaque fois vers vous, disant : oui, tout
cela a eu lieu déjà, il était une fois cette image et,
du fond jaune et féerique où tout s'efface, avec
chaque expérience faussement nouvelle, elle
remonte, pathétique et souveraine, jusque sur la
surface où s'inscrit quelques secondes l'aveu de
son secret.

De toutes les grandes villes du Japon que
j'ai vues, j'ai tout de suite préféré Kôbe, où je
suis simplement passé, plutôt que Kyôto ou
Tôkyô où j'ai vécu et que la plupart des Occidentaux préfèrent car elles sont les deux grandes
cités jumelles d'un Japon dont les guides touristiques expliquent la nature double, partagée
entre tradition et modernité. C'est un cliché. Je
ne dis pas qu'il soit sans signification : toute l'Histoire du pays prouve le contraire. Les clichés
disent souvent la vérité, malgré tout. Ils disent la
vérité, mais jamais davantage. Et c'est ce supplé-
ment qui compte seul. Kyôto ou bien Tôkyô,

cela fait deux images. Cela signifie : deux mirages. Moi, inexplicablement, j'ai tout de suite su que ma préférence irait à Kôbe. Et si ma préférence a été immédiate (décidée au premier coup d'œil jeté sur la ville, sans doute même avant et guidant le désir de m'y rendre), il m'a fallu un certain temps pour en comprendre le sens.

J'ai connu à Kôbe l'expérience dont est sorti ce livre et que je ne peux définir autrement que comme un étrange « trouble de mémoire » — *eine Erinnerungsstörung*, selon le mot de Freud —, l'impression très étrange qu'un souvenir oublié vient soudain frapper à la vitre de la conscience et fait se confondre le rêve et la réalité. J'emploie cette expression aujourd'hui mais j'imagine qu'au moment de mon premier voyage au Japon, elle ne m'est pas venue à l'esprit alors même que je devais déjà connaître, au moins de seconde main, le célèbre récit que le vieux Freud fait à Romain Rolland du voyage, vieux lui-même de trente ans, qui les conduisit lui et son frère jusqu'à Athènes : un souvenir sans importance mais dont l'insistante étrangeté le poursuit pendant tout le temps d'une génération, comme une minuscule énigme qu'il élucide enfin et dont il fait la matière d'un bizarre cadeau d'anniversaire fraternellement adressé à un romancier français. S'agit-il d'ailleurs d'un souvenir ? De quoi se souvient-on lorsque trente années ont passé ? Se trouvant face à l'Acropole mais doutant d'être véritablement devant ce lieu, n'en croyant pas ses propres yeux, se figurant qu'une telle réalité n'existe jamais qu'à la façon d'un rêve, Freud rappelle à lui un moment de sa vie où tout le spectacle du monde a semblé doucement se défaire, comme affecté de ce qu'il nomme lui-même un « sentiment d'étrangeté » où la mémoire se trouble et où toute image se met à trembler.

Lorsque l'on vient de Kyôto en voiture, on arrive à Kôbe par une autoroute aérienne, la voie rapide Hanshin. C'est comme une passerelle interminable jetée au-dessus de la cité. La chaussée décolle du niveau du sol et s'installe à une hauteur qui ne doit pas dépasser une dizaine ou une quinzaine de mètres mais qui donne l'impression aux automobilistes d'avoir littéralement quitté terre. Lorsque la circulation est fluide, on croit vraiment flotter et filer dans le ciel, laissant en dessous de soi la rue, les immeubles les plus bas, les piétons et les magasins, passant au niveau des gratte-ciel, entre les terrasses et les étages.

On décrit souvent la ville japonaise comme un collage architectural délirant, désordonné, à l'intérieur duquel l'extrême densité de la vie fait se coudoyer, se chevaucher les styles les plus disparates. Aucune des grandes cités du Japon ne donne autant cette impression que Kôbe, telle qu'on l'aperçoit depuis la Hanshin Expressway. La beauté du spectacle tient à l'incongruité et à la magnificence du collage, comme si toutes les ressources de l'architecture la plus audacieuse s'étaient insoucieusement déployées dans l'espace et avec la plus parfaite indifférence à l'égard de la conformité du résultat aux normes de l'urbanisme. On dirait une ville impossible, flottant suspendue au milieu de nulle part, édifiée contre toutes les lois de la nature et de l'art, morceaux de merveilles magnifiquement dépareillés dans l'air et tenant ensemble comme par miracle, une cité si neuve qu'elle aurait surgi en une nuit du néant pour se dissiper bientôt parmi le réseau de ses propres reflets, à la façon d'une illusion. C'est du moins l'impression que j'ai eue aussitôt, roulant dans le ciel de la cité puis descendant par l'un des toboggans, empruntant l'une des sorties latérales qui mènent aux différents quartiers, arrivé vite à la baie : la grande et formidable ouverture de la rade et, ce premier jour, le bleu sans nuage du ciel couché à l'horizon sur le bleu

sans écume de la mer, la pointe rouge, or et acier
de quelques immeubles aux longues et étranges
silhouettes de verre et de métal, le ventre des
gros navires sur l'eau.

Oui, je croyais être entré dans une sorte de
rêve. « Féerique » est le seul adjectif qui convient
pour dire l'émerveillement paisible d'un tel spectacle, le calme céleste de voir le monde s'organiser ainsi pour rien sous le soleil. C'est tout. Pourtant, dans ma première impression de Kôbe, je
l'ai su tout de suite, il y avait davantage que la
séduction exercée sur moi par la beauté d'une
ville au panorama découvert depuis le point de
vue passant et aérien d'une autoroute glissant
dans le vide. Davantage également — et même si
ce jour-là je l'éprouvais comme jamais — que le
vieux sentiment de n'être nulle part, rendu à l'errance enfantine d'un rêve, comme je l'avais souvent été et quelques semaines plus tôt encore sur
les hauteurs de Kyôto. Non, je savais que Kôbe
signifiait quelque chose de plus. Et si j'avais oublié quoi et ce que le nom de cette ville désignait
pour tous les autres, je n'étais pas parvenu à effacer tout à fait en moi le sentiment de léger vide
que cet oubli creusait dans mon esprit : la conscience que quelque chose m'échappait, comme

un nom posé sur le bout de la langue et qui se refuse, une évidence qui, obstinément, se dérobe : la certitude donc d'avoir oublié quelque chose d'essentiel et qui commande inconsciemment à toute sa perception du moment présent. Ce que signifiait Kôbe, je l'avais oublié. Et pourtant, mon émerveillement tenait à ceci : comme celle de mon rêve d'enfant, cette ville où je n'étais jamais allé, je la reconnaissais. Et allant vers elle je le savais, je revenais vers le lieu vrai de ma vie, miraculeusement retrouvée de l'autre côté du temps et de l'espace.

Le mardi 17 janvier 1995, à 5 h 46 du matin, heure locale, un séisme de magnitude 7,2 sur l'échelle de Richter frappait la région du Kansai. L'épicentre du tremblement de terre se situait sous l'île d'Awaji, à proximité de la ville de Kôbe. Les effets se firent sentir tout autour de la ville, à plus de cent kilomètres de distance et jusqu'à Osaka, Nara ou Kyôto. Les secousses durèrent vingt secondes. Et ces vingt secondes-là suffirent à dévaster l'une des régions les plus riches et les plus populeuses du pays. À la différence d'autres provinces, le Kansai avait été épargné par les séismes depuis plus de trois siècles et cela signifie que le dernier tremblement de terre de

Kôbe est plus vieux dans la mémoire humaine que celui de Lisbonne. La ville dormait encore quand tout se mit à trembler. C'est dans leur sommeil que la plupart des victimes ont dû sentir gronder la vague qui les a emportées. Aussitôt, le centre de la ville a vu partout à la fois s'effondrer ses immeubles et être soufflées comme des châteaux de cartes les plus fragiles de ses maisons. On a recensé cent quatre-vingt mille constructions détruites ou sévèrement endommagées. Les bâtiments qui tenaient bon laissèrent se déverser toute une pluie de débris d'acier et de verre, criblant la chaussée déformée de décombres lourds comme des pierres et tranchants comme des lames. Lorsque le soleil ce matin-là s'est levé, toute la cité avait pris l'apparence absurde d'un paysage sens dessus dessous : des hautes tours couchées sur le flanc et obstruant les carrefours, des immeubles de guingois tenant incompréhensiblement en équilibre au-dessus du vide, d'autres effondrés sur eux-mêmes et dont seuls les étages situés à mi-hauteur s'étaient trouvés écrasés sous le poids des étages supérieurs, la chaussée partout ouverte et retournée, l'autoroute aérienne affaissée sur presque toute sa longueur, toutes les voies de communication rendues d'un coup impraticables. Le feu a pris presque aussitôt, se propageant à une vitesse inouïe dans certains quartiers de la ville où, un court-circuit général ayant privé la cité d'électricité, il illuminait seul l'aube. Il fallut trois heures aux sauveteurs pour accéder au lieu de la catastrophe et commencer à dégager les premières victimes des décombres. Huit heures après le séisme, les pompiers n'avaient toujours pas pu rejoindre certains des foyers de l'incendie. Les premières estimations parlaient d'un millier de victimes. Plus de cinq mille personnes trouvèrent la mort dans le grand tremblement de terre de Kôbe. On évalue à trente-cinq mille le nombre de blessés et à trois cent mille celui des sinistrés. Pendant des jours et des jours, on ne sut pas où accueillir les sans-abri et où allonger les cadavres des victimes en attente de leur crémation.

Nul n'est obligé de se faire le comptable des catastrophes dont il a été le contemporain. Il y en a tellement, toutes plus tueuses les unes que les autres et certaines révélant affreusement la vieille âme meurtrière des hommes. Il se trouve que j'avais oublié. Il y avait dans ma mémoire un blanc là où aurait dû se trouver le souvenir du grand tremblement de terre de Kôbe. Et ce blanc n'était pas de moindre dimension que celui qui aurait marqué la place du souvenir manquant de n'importe quel événement historique de toute première importance. Je gardais en mémoire comme tout le monde des centaines d'événements minuscules — résultats sportifs ou électoraux, faits divers, toute la menue monnaie du savoir qui vient de la lecture quotidienne des journaux, du spectacle des informations télévisées — mais tout ce qui concernait le grand tremblement de terre de Kôbe avait disparu de mon esprit. Ou plutôt, je me souvenais de mon oubli mais sans savoir dire sur quoi exactement il portait. J'étais comme cet homme qui sent dans sa poche quelque chose qui le gêne, qui se rappelle avoir fait un nœud à son mouchoir mais qui est tout à fait incapable de se souvenir pourquoi il a fait ce nœud et ce que ce nœud était censé lui rappeler. Découvrant Kôbe, quelque chose en moi se souvenait de mon oubli. Et le sentiment féerique que j'éprouvais en traversant la ville tenait très certainement au nœud que formaient en moi et le souvenir et l'oubli : ni le souvenir sans l'oubli dans lequel il était tombé, ni l'oubli sans le souvenir qui l'avait causé. La ville paraissait aussi absurdement irréelle et aussi incroyablement familière que celle de mon rêve d'enfant. Elle était tout à fait semblable à un espace enchanté où quelque chose de mon histoire ancienne continuait malgré tout, rappelant ainsi à la vie le spectacle à l'intérieur duquel je me sentais flotter, libre entre le ciel et la terre, étrangement calme et confiant. Vaguement excité. Oui, heureux.

J'ai plusieurs fois raconté à quoi ma vie se trouvait inexplicablement occupée au tout début de l'année 1995. Sous une forme puis sous une autre, j'en ai fait souvent le récit. Je m'imaginais que ce que je racontais finirait par prendre la place de ce que j'avais vécu et qu'un jour le moment viendrait où je n'aurais plus pour mémoire que de vagues morceaux de romans. Je sais aujourd'hui qu'il n'en est rien. J'ai tout oublié de ce que j'ai écrit. Je me rappelle tout ce que j'ai vécu. N'importe quel lecteur en sait plus long que moi sur mes livres. Et il n'y a plus que moi, sans doute, à pouvoir me souvenir — avec quelques autres encore, moins nombreux chaque jour — de l'expérience dont ils sont sortis. C'est bien. Contrairement à ce que tout le monde croit, les livres sont faits pour l'oubli, pour verser dans le grand rien inconsistant que leurs mots méritent. On écrit à seule fin d'effacer, de faire s'étendre encore davantage le vide où vont toutes les histoires et, quand tout s'est perdu, pour guetter le retour des formes qui veillent dans le blanc sans fond de la nuit. Dire que j'avais écrit ma vie pour pouvoir l'oublier prêterait à confusion. Non, en vérité, j'avais écrit afin de faire s'étendre sur mon existence l'oubli au cœur duquel se conserverait sauf mon souvenir le plus vif.

L'histoire de ce souvenir commence au mois de janvier de l'année 1995 quand, au retour des vacances de Noël, notre fille, qui venait de fêter son troisième anniversaire, fut hospitalisée au service de chirurgie orthopédique de l'hôpital Necker. Un examen de routine chez le pédiatre avait révélé une douleur inhabituelle au bras gauche. La radiographie faisait apparaître une anomalie au niveau de l'os de l'humérus. Ce pouvait être la marque d'une fracture passée inaperçue, ou encore le signe d'une ostéomyélite nécessitant la mise en observation de l'enfant dans l'une des chambres du secteur protégé du service pédiatrique. Du moins c'est ce que les docteurs nous ont dit alors, réservant un diagnostic plus sinistre qu'ils avaient certainement déjà en tête mais qu'ils préféraient ne nous annoncer qu'avec toutes les données médicales en main. Il fallut attendre deux semaines pour que vienne la confirmation des nouvelles radiographies, des IRM, de la biopsie et que le médecin responsable du service nous fasse venir dans son bureau pour nous expliquer que, malgré le caractère hautement improbable d'une telle pathologie chez une enfant de cet âge, tout conduisait à l'évidence d'un cancer osseux — ostéosarcome ou sarcome d'Ewing, cela restait à établir. Ainsi commença la longue année de maladie au terme de laquelle — c'était au printemps 1996 — mourut notre fille.

J'aimerais pouvoir dire que cela se passa sur la rade, face à l'horizon vide où la mer réfléchit le ciel, que l'illumination eut lieu là : *eine Erinnerungsstörung in Kôbe*. Mais je me souviens trop précisément de l'instant et du lieu pour avoir envie de m'offrir le luxe sans intérêt d'un peu de fausse poésie. Nous avions garé la voiture dans un parking du centre d'où l'on accédait directement au réseau ordinaire des grandes galeries commerciales qui constituent le cœur de toutes les villes japonaises — les boutiques, les restaurants, les cafés, les cinémas — et qui sont souvent le seul lieu de promenade envisageable. Sur l'une des artères principales, dans un renfoncement, se trouvait une sorte de monument, une sculpture moderne (il s'agissait ironiquement, je crois, d'une « compression » de César) qui marquait l'entrée d'un bâtiment indiqué au public : un musée, si l'on veut, mais si modeste qu'on aurait plutôt pensé être devant un local municipal ou associatif ; trois ou quatre salles avec des panneaux photographiques, des cartes accrochées aux murs, une bibliothèque, une salle de projection où tournaient en boucle quelques minutes d'archives et d'images d'actualités, le tout consacré au souvenir du grand tremblement de terre et de ses milliers de victimes.

Tout m'est revenu. Mais pas d'un coup. J'ai vu fonctionner comme au ralenti la mécanique de la mémoire et comment chaque rouage, en tournant, en entraîne un autre, produisant progressivement au jour de la pensée consciente un souvenir et puis l'autre. D'abord, je me suis rappelé qu'un grand tremblement de terre quelques années auparavant avait effectivement dévasté Kôbe, qu'il s'agissait de l'une des catastrophes naturelles les plus spectaculaires de l'histoire récente. Et j'ai compris que l'importance de cet événement expliquait la physionomie nouvelle de la ville — où tout avait été anarchiquement, magnifiquement reconstruit à toute vitesse ces derniers mois — et le fait que, parlant de Kôbe, les amis japonais que nous fréquentions à l'époque n'en disaient jamais rien directement, qu'ils se contentaient d'allusions, convaincus que nous étions nécessairement au courant de ce qui s'était passé et qu'il était inutile de nous infliger l'indiscret et émouvant rappel du séisme. Car chacun de ces amis, puisque nous résidions dans la région du Kansai où tout cela s'était passé, avait eu, dans sa famille ou dans son entourage, quelqu'un qui avait vécu le tremblement de terre, voyant le monde s'écrouler, l'incendie gagner tous les quartiers, périssant sous les décombres et dans les flammes, ou bien survivant, endeuillé et seul, dans un monde définitivement désolé. J'ai compris d'abord tout cela et ensuite, seulement, lorsque j'ai su la date du désastre, m'est revenu le souvenir des circonstances dans lesquelles, avant de l'oublier, j'avais appris la nouvelle du trem-blement de terre.

Je dis qu'il s'agissait du mardi 17 janvier 1995. Mais peut-être était-ce le lendemain, ou bien le surlendemain. Du temps dans lequel les autres vivaient, cela faisait deux semaines que nous étions sortis. Étrangement, au cœur d'un hiver inhabituellement doux, une vague de froid était brutalement passée sur le pays. Sur Paris, la neige s'était mise à tomber. Et les températures étaient restées assez basses pour que, malgré le soleil, elle tienne un peu partout : sur les toits et les balcons, les pelouses, les branches des arbres, partout sinon sur la chaussée où tout tourne inévitablement à la boue. Par la fenêtre, on pouvait passer des heures à regarder le froid vif du ciel sur le blanc allongé de la ville. Cela faisait une distraction comme une autre, une manie douce pour garder autant que possible la tête claire et endormir un temps la panique en soi. Elle dormait le plus souvent, abattue par les examens, la routine angoissante de l'hôpital, le progrès insensé du mal qui engloutit toute énergie. Nous en étions à nos débuts. Nous commencions juste notre apprentissage, notre long apprentissage pour rien. Nous avions beaucoup de progrès à faire. Si je dis que c'était le mardi 17 janvier — le lendemain peut-être ou bien le surlendemain —, c'est parce que je revois avec la plus totale précision la chambre nouvelle où l'enfant se trouvait et qu'elle n'allait occuper qu'une journée : autorisée à quitter le secteur stérile — puisque la fiction d'une infection avait cessé de servir à nous dissimuler le diagnostic de la tumeur —, installée ailleurs dans le service pédiatrique, attendant que nous rentrions chez nous, un rendez-vous fixé pour plus tard à l'Institut Curie, accrochés à l'idée que quelque chose allait commencer, long, difficile, douloureux, terrible sans doute, mais dont nous ne pouvions alors pas penser une seule seconde que cette chose — dont nous ne savions rien et qui commençait juste — ne se terminerait pas par le salut de l'enfant. Le fond, nous l'avions nécessairement touché, imaginions-nous. Et, attendant que vienne l'autorisation des médecins de quitter l'hôpital, que les ordonnances nécessaires nous soient délivrées, tandis que l'enfant se reposait, j'ai ouvert le journal — que depuis deux semaines j'avais cessé de lire — où figurait en première page la nouvelle du tremblement de terre de Kôbe.

Ensuite, j'ai oublié. Il faut dire que ce quelque chose — qui alors commençait à peine et dont nous ne voulions rien deviner —, ce long apprentissage pour rien du néant auquel toute notre vie allait se trouver consacrée pendant une longue année, allait faire s'effacer pour longtemps tout autre souci du monde. Nous étions rentrés chez nous et jusqu'au rendez-vous fixé à la semaine suivante, sous la protection des antalgiques, stupidement confiants dans les traitements qui allaient suivre, attendant le début de la première cure et de la chimiothérapie, nous pouvions faire comme si la vie continuait, semblable à elle-même. L'enfant, son salut, rien d'autre ne méritait plus notre attention. Pourtant, j'ai dû continuer à lire le journal, sinon à le lire, du moins à l'acheter, à laisser glisser mes yeux sur des centaines d'informations indifférentes parmi lesquelles se trouvaient aussi, chaque jour moins nombreuses, les nouvelles de la grande catastrophe de Kôbe. Là-bas, on comptait les morts et puis on les allongeait dans les écoles, sous les préaux, dans les gymnases, reposant sur de simples couvertures, le visage caché sous un linceul blanc, une simple étiquette indiquant leurs noms lorsque l'identification avait été possible, des centaines de morts dans l'attente de leur crémation et auprès desquels, sidéré ou en larmes, s'attardait le chagrin d'un rescapé. Au cours des vingt secondes que dura le séisme, la ville n'avait été qu'un immense vertige où le sol se dérobe, où le monde n'est plus qu'un puits obscur qui engloutit tout, avalant les vivants dans sa profondeur sans nom. Puis, pendant les quelques jours où opérèrent les équipes de secours, la cité s'était transformée en un piège sans merci, chaque bâtiment effondré ensevelissant sous ses décombres quelques rescapés, les mêlant aux cadavres et aux débris, pesant sur eux de tout son poids de béton et d'acier, les étouffant doucement de sa longue pression, les exposant au froid, les livrant à la flamme — la flamme provoquée par les fuites de gaz, brûlant vives les victimes ensevelies. Et enfin, Kôbe était devenue ce grand cimetière où les sauveteurs depuis des jours sondaient des fissures larges comme des maisons, des amas de gravats hauts comme des monuments absurdes, pour en extraire des cadavres, ajoutant sans répit leur nombre à celui des victimes du tout premier jour.

Partout, toujours, la terre tremble. Ici ou là, une faille se fait, avalant l'un ou l'autre. Et il faut que cette faille soit assez large et engloutisse d'un coup cinq mille vivants pour qu'on se dise que quelque chose vient peut-être de troubler l'ordre ordinaire du monde. Depuis Kôbe, il y a eu d'autres tremblements de terre sur tel ou tel point de la planète et parfois ils ont été bien plus meurtriers. Je n'en ai pas tenu le compte. En vérité, je leur ai à peine prêté attention : des décombres, le spectacle d'un interminable chantier, des hommes qui se pressent sur des gravats, la pioche à la main, des bulldozers, des chiens qui fouillent entre des pierres, parfois un rescapé au visage anéanti et qu'on arrache à la terre avant de l'exhiber face à la caméra, des camps de toile un peu partout dressés parmi les ruines. De la poussière, des plâtras, des corps couleur de cendre, et c'est tout. L'histoire des hommes est un long séisme à peine interrompu. Entre deux secousses, l'accalmie peut durer des décennies ou des siècles. Mais le moment du désastre vient toujours. L'univers est un vaste vertige. Tout appui se dérobe pour finir. La terre ferme n'offre qu'un répit entre deux catastrophes. Il y a ce grand mouvement de toupie et de balancier qui emporte la planète et qui met tout à terre. Il faudrait pouvoir se représenter l'apparente fixité des choses pour ce qu'elle est : une illusion, l'image arrêtée un instant de la fuite du temps qui porte tout vers le néant. D'ailleurs, il n'y a rien à tirer d'une telle évidence, aucune philosophie à déduire de cette vérité vaine que chaque vie à son tour vérifie. On redresse ce qui est tombé, on enterre les morts et on soigne les blessés, on reconstruit ce qui a été détruit et sur le lieu même de la catastrophe on fait grandir en guise de monument d'autres bâtiments voués à s'écrouler à leur tour, un jour ou l'autre. On oublie. Aucune place n'est faite dans la mémoire des hommes pour de semblables souvenirs. Ils sont sans emploi. Les victimes des crimes, des guerres, des génocides, tous ceux qui ont souffert de la main de l'homme peuvent instruire le procès de leurs bourreaux et c'est ce procès, lui seul, qui conserve vivant le souvenir de leur souf-france. Mais quel procès intenter à l'ordre cruel et carnassier des choses, à la mécanique nue du monde, au travail du temps ? À qui s'en prendraient les rescapés d'un tremblement de terre ? Autant en vouloir à la mort elle-même.

À cette histoire, je ne donne pas plus d'importance qu'elle n'en a. Concernant le trouble de la mémoire dont Kôbe a pour moi été le théâtre au cours de l'été 1999, je n'ai pas d'autre analyse à produire que celle proposée par le récit déjà long de mes livres. Ce jour-là, j'ai eu seulement le sentiment de savoir soudain quelle nécessité m'avait conduit jusqu'au Japon. Toute vie est la somme de centaines de coïncidences dont aucune n'est dotée de davantage de signification qu'une autre. Que l'annonce de la maladie de notre fille et la nouvelle du tremblement de terre de Kôbe aient eu lieu simultanément est un simple hasard. Et le rapprochement de ces deux événements — différents par leur échelle et leur nature, intervenant en deux endroits extraordinairement distants de la planète — a quelque chose d'absurde dont j'ai bien conscience. Il a fallu le passage du temps, tout un concours de circonstances, pour que, sortant de l'oubli où il était tombé, le souvenir de cette coïncidence prenne passagèrement la forme d'une évidence illuminant tout le chemin qui m'avait conduit jusqu'à elle. Au reste, je ne cherche pas à tout expliquer. Je sais bien que trop de points resteraient dans l'ombre et que je serais incapable de dire jusqu'au bout pourquoi le Japon nous est apparu naturellement comme le lieu vers où aller au lendemain de la mort de notre fille et quel lien finalement nécessaire et obscur unissait dans notre esprit ce pays aux fantômes de notre vie d'après. Il y avait toutes sortes de souvenirs liés au Japon qui venaient de ma propre enfance. Ou encore, ce goût naïf que nous avions de toutes les choses japonaises : nourriture, jeux, dessins animés, films. Et ces romans dont j'ai parlé et que nous lisions alors, ceux d'Ôé et de Sôseki. Il y a eu la catastrophe de Kôbe que j'ai fini par oublier mais plus encore, au moment de l'été 1995, rappelées dans les journaux et les émissions télévisées, lors des célébrations du cinquantième anniversaire d'Hiroshima, ces images d'enfants irradiés, les cheveux tombés d'un coup, crânes nus, que le bombardement atomique avait exposés à un cancer brutal et dévastateur — enfants morts, oubliés et dont personne en Occident ne semblait douter que leur souffrance avait été malgré tout justifiée. Et de telles images ne pouvaient pas ne pas prendre un accent plus particulier pour nous qui passions alors presque chacune de nos journées dans les couloirs du service d'oncologie pédiatrique de l'Institut Curie auprès d'enfants qui ressemblaient aux précédents de façon si frappante. Si je devais malgré tout m'expliquer, je dirais simplement que toutes ces raisons que je ne comprends pas contribuèrent à ceci : que le Japon fut pour nous le pays d'après, celui où survivre à la vérité reprenait un sens, où il ne s'agissait plus de choisir entre le souvenir et l'oubli mais où l'oubli devenait la condition mystérieuse et nouvelle du souvenir. Oui, le pays d'après, celui où sans céder en rien sur son désir ancien, le secret tout simple vous est révélé qui vous enseigne comment maintenir ce désir intensément, durablement vivant, et avec lui, pour toujours, l'objet de votre amour le plus vrai. Découvrant Kôbe, mon enchantement tenait au sentiment soudain de revenir vers le lieu le plus vif de ma vie, un lieu invraisemblablement nouveau et inconnu, qui aurait dû ne pas exister, où l'histoire ancienne se répétant mais se répétant soudainement ailleurs et autrement, tout allait inexplicablement pouvoir recommencer. Une boucle se bouclait et, tout en s'enroulant fidèlement autour de l'œil noir et fixe du néant, elle ouvrait sur l'infini du temps.

« Garder la mémoire, a écrit un philosophe, signifie se confier à l'oubli. » Je ne suis pas certain de ce qu'une telle phrase veut dire. Il me semble cependant qu'écrire fut, au cours de ces dernières années, ma manière à moi de méditer l'oubli, de le laisser s'étendre afin de conserver interminablement vivante en lui la mémoire exclusive d'aimer. Je crois avoir compris ceci, seulement ceci : survivre est l'épreuve et l'énigme. Telle est la signification des trois histoires que j'ai voulu raconter, celles de Kobayashi Issa, de Natsume Sôseki, de Yosuke Yamahata et qui m'ont chacune reconduit, comme je l'ai été par le hasard à Kôbe, vers l'indéfectible évidence de mon rêve le plus vrai. Mais je parle simplement pour ceux qui savent. Et je me soucie peu que quiconque vienne juger cette forme que j'ai donnée à ma vie. Possible et impossible, survivre a eu lieu. Telle est l'épreuve et l'énigme. Il y eut ce jour, cette nuit, puis ce jour encore où rien de ce qui faisait la nuit précédente n'a pourtant disparu et nous voici à nouveau, égarés quelque part en plein soleil, sans comprendre du tout pourquoi, debout dans la lumière d'un rêve, impardonnables et pourtant innocents, nous qui sommes vivants.

DU MÊME AUTEUR

Aux Éditions Gallimard

L'ENFANT ÉTERNEL, collection « L'Infini », 1997, prix Fémina du premier roman (Folio n° 3115)

TOUTE LA NUIT, collection « Blanche », 1999

RAYMOND HAINS, UNS ROMANS, collection « Arts et Artistes », 2004

SARINAGARA, collection « Blanche », 2004 (Folio n° 4361). Prix Décembre 2004

Chez d'autres éditeurs

PHILIPPE SOLLERS, collection « Les contemporains », Seuil, 1992

CAMUS, Marabout, 1992

LE MOUVEMENT SURRÉALISTE, Vuibert, 1994

TEXTES ET LABYRINTHES : Joyce/Kafka/Muir/Borges/Butor/Robbe-Grillet, Éditions Inter-Universitaires, 1995

HISTOIRE DE « TEL QUEL », collection « Fiction & Cie », Seuil, 1995

LE ROMAN, LE RÉEL: un roman est-il encore possible ?, Pleins Feux, 1999

OÉ KENZABURÔ : légendes d'un romancier japonais, Pleins Feux, 2001

LE ROMAN, LE JE, Pleins Feux, 2001

PRÈS DES ACACIAS : l'autisme, une énigme, en collaboration avec Olivier Ménanteau, Actes Sud, 2002

LA BEAUTÉ DU CONTRESENS ET AUTRES ESSAIS SUR LA LITTÉRATURE JAPONAISE, Allaphbed 1, Éditions Cécile Defaut, 2005

DE TEL QUEL À L'INFINI, NOUVEAUX ESSAIS, Allaphbed 2, Éditions Cécile Defaut, 2006

Composition Graphic Hainaut
Impression Novoprint
à Barcelone, le 20 mars 2006
Dépôt légal : mars 2006

ISBN 2-07-032108-8./Imprimé en Espagne.